हिन्द पॉकेट बुक्स

पथ के प्रदीप

ओशो, जिन्हें भगवान श्री रजनीश, ओशो रजनीश, या केवल रजनीश के नाम से भी जाना जाता है, एक भारतीय विचारक, धर्मगुरु और रजनीश आंदोलन के प्रणेता-नेता थे। उनका असली नाम चंद्र मोहन जैन था, लेकिन लोगों ने उन्हें 'ओशो' बना दिया। यह शब्द लैटिन भाषा के 'ओशनिक' शब्द से लिया गया है जिसका अर्थ है, सागर में विलीन हो जाना।

अपने संपूर्ण जीवनकाल में आचार्य रजनीश को एक रहस्यदर्शी, गुरु और आध्यात्मिक शिक्षक के रूप में देखा गया। वे धार्मिक रूढ़िवादिता के बहुत कठोर आलोचक थे। 1960 के दशक में उन्होंने पूरे भारत में एक सार्वजनिक वक्ता के रूप में यात्रा की और वे समाजवाद, महात्मा गाँधी और हिंदू धार्मिक रूढ़िवाद के प्रखर आलोचक रहे। उन्होंने मानव कामुकता के प्रति ज्यादा खुले रवैये की वकालत की, जिसके कारण वे भारत तथा पश्चिमी देशों में भी आलोचना के पात्र रहे, हालाँकि बाद में उनका यह दृष्टिकोण अधिक स्वीकार्य हो गया

पथ के प्रदीप

जला तो दिए हैं जलाए रखना

ओशो

हिन्द पॉकेट बुक्स
पेंगुइन रैंडम हाउस इम्प्रिंट

हिन्द पॉकेट बुक्स

यूएसए | कनाडा | यूके | आयरलैंड | ऑस्ट्रेलिया | सिंगापुर
न्यू ज़ीलैंड | भारत | दक्षिण अफ्रीका | चीन

हिन्द पॉकिट बुक्स, पेंगुइन रैंडम हाउस ग्रुप ऑफ़ कम्पनीज़ का हिस्सा है,
जिसका पता global.penguinrandomhouse.com पर मिलेगा

पेंगुइन रैंडम हाउस इंडिया प्रा. लि.,
चौथी मंजिल, कैपिटल टावर -1, एम जी रोड,
गुड़गांव 122 002, हरियाणा, भारत

पेंगुइन
रैंडम हाउस
इंडिया

प्रथम संस्करण हिन्द पॉकिट बुक्स द्वारा 2013 में प्रकाशित
यह संस्करण हिन्द पॉकिट बुक्स में पेंगुइन रैंडम हाउस द्वारा 2022 में प्रकाशित

10 9 8 7 6 5 4 3 2

ISBN 9788121620796

मुद्रकः रेप्रो इंडिया लिमिटेड

www.penguin.co.in

FSC www.fsc.org MIX Paper from responsible sources FSC® C047271

This is a legitimate digitally printed version of the book and therefore might not have certain extra finishing on the cover.

भूमिका

मैं स्वयं को अंधकार में देखता हूं। क्या आप भी उस घने अंधकार का अनुभव नहीं करते हैं जो कि मनुष्य की चेतना को घेरे हुए है?

लेकिन, अंधकार वास्तविक नहीं मालूम होता है, क्योंकि प्रकाश की जरा-सी चोट भी तो वह नहीं सह पाता! इससे बहुत आशा बंधती है।

और, जब किसी चेतना से प्रकाश की किरणें निकलती हुई अनुभव होती हैं, तो स्वयं के भीतर भी प्रकाश के होने की श्रद्धा उत्पन्न हो जाती है।

मनुष्य-मनुष्य अंततः तो समान ही हैं। स्वरूपतः तो वे भिन्न नहीं हो सकते हैं। इस श्रद्धा से कोई प्रसुप्त सकंल्प जैसे जागने लगता है और अंधकार के बीच भी प्रकाश का एक दीया स्वयं में प्रज्वलित हो जाता है।

ओशो के सान्निध्य में मैंने ऐसा ही अनुभव किया है।

उनकी जीवन-ज्योति ने मेरे भीतर भी प्रकाश को जैसे सोते से जगा दिया है। मैं तिलमिलाकर उठ आया हूं और पहली बार स्वयं के बोध को उपलब्ध हुआ हूं।

इस बोध ने सब कुछ बदल डाला है। जीवन में एक नई ही यात्रा शुरू हो गई है। और अब प्रतीत हो रहा है कि अब तक की जो यात्रा थी, वह तो बस, स्वप्न-यात्रा ही थी; क्योंकि स्वयं के प्रति जागते ही वह सारी यात्रा, यात्रा-पथ और यात्री सभी तो विलीन हो गये हैं! उन्हें खोजता हूं, तो उनमें से किसी को भी तो नहीं पाता हूं!

निश्चय ही जिसे जीवन जाना था, वह जीवन नहीं था। वह तो जीवन का स्वप्न ही था, क्योंकि सोया हुआ मनुष्य स्वप्न के अतिरिक्त और क्या देख और जान सकता है?

ओशो ने मुझसे कहा था: "जीवन को जानने और जीने के लिए जागना आवश्यक है। जो जागा नहीं है, वह जीने के

भ्रम में ही होता है। जागरण ही जीवन और मूर्च्छा ही मृत्यु है।"

मैंने तब सुन लिया था। शब्दों का अर्थ तो स्पष्ट था, लेकिन क्या था उनका अर्थ—वह तो अब स्पष्ट हो रहा है। वे कहते भी हैं: "कुछ है, जो कि केवल जीकर ही जाना जा सकता है। वस्तुतः जो भी महत्वपूर्ण है, वह जीकर ही जाना जा सकता है।

"शब्द सत्य नहीं देते हैं। न दे सकते हैं। सत्य सदा ही अनुभूति है—स्वयं की और स्वयं में और स्वयं के द्वारा।"

जो मुझे मिला, मन होता है कि वह आप तक भी पहुंचाऊं। जिस प्रकाश के दर्शन मुझे हुए, मन होता है कि वह दर्शन आपको भी हो। जो विचार-बीज मेरे जीवन में क्रांति बन गये और जिनके अंकुरण से मैं आनंदित हूं, उनसे मैं आपको भी परिचित कराना चाहता हूं।

हो सकता है कि आप भी खोज में हों! और कौन खोज में नहीं है? हो सकता है कि आपकी चेतना भी किसी ऊर्ध्वगमन के लिये समुत्सुक हो! और किसकी चेतना नहीं है? और हो सकता है कि आपकी जीवन-ज्योति बस, किसी प्रतीक्षा में ही हो—और एक छोटा-सा आघात ही उसे प्रज्वलित कर दे। इस आशा में ही 'पथ के प्रदीप' प्रकाशित किये जा रहे हैं।

क्या यह उचित नहीं होगा कि इसके पूर्व कि हम फूलों के संबंध में कुछ जानें, उस पौधे के संबंध में भी कुछ जान लें, जिससे कि उन फूलों का जन्म हुआ है? शायद पौधे को समझे बिना फूलों को समझा भी नहीं जा सकता है।

ओशो के संबंध में कुछ जान लेना अत्यंत आवश्यक है। यह आवश्यक तो है, लेकिन कठिन भी बहुत है। क्योंकि, वे तो अपने संबंध में कुछ कहते ही नहीं। पूछने पर खूब हंसने लगते हैं। कहते हैं: "मैं हूं ही कहां! बहुत खोजा, पर कहीं 'मैं' को पाया ही नहीं। और जो पाया, वहां 'मैं'

बिलकुल भी नहीं है।"

एक दिन कहने लगे: "बुद्ध ठीक कहते हैं। अनात्मा ही है। जब अनात्म हो जाओ, तभी तो उसका अनुभव होता है, जो कि आत्मा है।"

ऐसे ही एक दिन और कहा था: "रमण कहते हैं कि पूछो: 'मैं कौन हूं? (Who am I?)' लेकिन, मैं तो कहूंगा कि पूछो: 'मैं कहां हूं? (Where am I?)' और तुम पूछते-पूछते थक जाओगे और पा नहीं सकोगे कि कहां हो! और उस असफलता में जानोगे कि जो कहीं भी नहीं है, वह है ही नहीं। और जिसने यह जाना, वह जान लेता है कि वह कौन है।"

मैं तो सोचता था कि अतीत के प्रज्ञापुरुषों के संबंध में जानना कठिन है। अब जानता हूं कि वह कठिनाई तो जीवित प्रबुद्ध चेतनाओं के संबंध में भी उतनी ही है। और शायद ज्यादा ही है। क्योंकि, जो नहीं हैं, उनके संबंध में तो हम अनुमान भी लगा सकते हैं, कल्पना भी कर सकते हैं। लेकिन जो सामने हैं, उनके संबंध में तो यह भी नहीं किया जा सकता है!

फिर भी कुछ बातें ज्ञात हैं। उनकी देह के संबंध में तो बहुत कुछ ज्ञात है, लेकिन उसे जानने से उनके संबंध में तो कुछ भी नहीं जाना जा सकता है।

उनका जन्म-दिन था। कोई शुभकामना करने आया। वे कहने लगे: "रे, वही मृत्यु-दिन भी है। जिसे हम जन्म-दिन कहते हैं, क्या उसी दिन मृत्यु का भी प्रारंभ नहीं हो जाता है! जीवन—तथाकथित जीवन—क्या है? क्या मृत्यु की ही एक धीमी और लंबी क्रिया नहीं? मृत्यु में वही क्रिया तो पूर्ण होती है, जिसका कि प्रारंभ जन्म में हुआ था। निश्चय ही वह जो मेरे भीतर है, उसका कोई जन्म नहीं है, क्योंकि उसकी तो कोई मृत्यु ही नहीं हो सकती है।"

एक संध्या मैं उनके पास था। कुछ लोग उनसे मिलने

आये थे। वे मृत्यु के संबंध में पूछने लगे, तो उन्होंने कहा: "मैं मृत्यु के संबंध में कैसे कुछ जानूं! मैं तो जीवन हूं। मृत्यु के संबंध में पूछना है, तो जाओ और मुरदों से पूछो। निश्चय ही मुरदे ही मृत्यु के संबंध में कुछ बता सकते हैं?"

यह सब तो ज्ञात है कि वे कब पैदा हुए, कहां पैदा हुए; किस घर में और किनसे पैदा हुए। लेकिन वे तो उन सबको हंसकर टाल देते हैं और कहते हैं: "स्वप्न की खोज करने वाले सत्य से वंचित रह जाते हैं।"

मेरी जिज्ञासा को जान उन्होंने एक कहानी भी कही थी।

किसी साधु ने रात्रि में कोई स्वप्न देखा। सुबह उठते ही जो पहला शिष्य उसे दिखाई पड़ा, उससे उसने उस स्वप्न का अर्थ पूछा। उस शिष्य ने कहा: "ठहरिये! मैं अर्थ अभी लाता हूं।" और वह पानी से भरा हुआ एक बर्तन लाया और कहा: "लीजिये, इसमें अपना मुंह धो डालिये।" उसका गुरु हंसने लगा और बोला: "ठीक है। स्वप्नों की यही सत्य व्याख्या है।"

अब ऐसे व्यक्ति को कैसे जानें!

मैंने सुना है कि वे घोर नास्तिक थे। कुछ भी उन्हें स्वीकार नहीं था। कोई न उनका विश्वास था, न श्रद्धा थी। सब विचारों और विश्वासों का वे खंडन करते थे। उनसे मिलने में भी लोग भय खाते थे। ऐसा तीव्र उनको तर्क था। और वे निर्ममता से उसका प्रयोग भी करते थे। इस संबंध में मैंने उनसे पूछा था। वे कुछ देर तो चुप ही रहे। मैंने सोचा कि शायद वे कुछ भी नहीं कहेंगे। लेकिन फिर उन्होंने कहा था।

"नास्तिकता आस्तिकता का द्वार है। अस्वीकार में ही स्वीकार उपलब्ध होता है। जो पूरे प्राणों से 'नहीं (No) कहना नहीं जानती, वह कभी पूरे प्राणों से 'हां' (Yes) कहने में भी समर्थ नहीं होता है। जो आस्तिकता दूसरों से सीख ली जाती है, वह झूठी ही होती है। वास्तविक आस्तिकता को तो तप से पाना होता है। नास्तिकता ही वह तप है। निषेध—पूर्ण

निषेध (Total Negation) से बड़ी न कोई पीड़ा है और न तप है। और जो उससे बच जाते हैं, वे विधेय को भी नहीं जान पाते हैं।

"नास्तिकता, आस्तिकता की विरोधी नहीं है। वह तो भूमिका है। वह तो सीढ़ी है। उससे ही होकर मार्ग है। नास्तिकता साधना है, आस्तिकता सिद्धि है। और नास्तिकता से होकर जो आस्तिकता को पाता है, वह दोनों के पार हो जाता है; फिर वह न नास्तिक है, न आस्तिक है। वह तो बस है। उसका फिर न कोई विश्वास है, न अविश्वास है—न कोई श्रद्धा है, न अश्रद्धा है। वह तो दोनों के अतीत है। ऐसी चेतना ही अद्वैत है। ऐसा होना ही सत्य में होना है।"

मैंने पूछा : "फिर वे जो बिना नास्तिक हुए आस्तिक हैं, उनके संबंध में आपका क्या विचार है?"

वे कहने लगे: "वे आस्तिक ही नहीं हैं। उन्होंने कुछ भी नहीं जाना है। वस्तुतः उन्होंने खोजा ही नहीं है। खोज की पीड़ा, श्रम और संकल्प से बचने के लिये ही उन्होंने दूसरों की मान्यताओं को स्वीकार कर लिया है। आस्तिकता उनकी अनुभूति नहीं, केवल आवरण है। उसे वे ओढ़े हुए हैं। ऐसे आस्तिकों से ही धर्म पीड़ित है। उनके ही कारण वास्तविक धर्म का जन्म नहीं हो पाता है। और ऐसे थोथे आस्तिक ही धर्म-धर्म में विरोध के कारण भी बने हुए हैं। अन्यथा, धर्म तो एक है। लेकिन थोथी आस्थाएं—न-अनुभूत श्रद्धाएं उसे खंड-खंड कर देती हैं। स्वानुभूति से, स्वसाक्षात से जो सत्य की श्रद्धा को उपलब्ध होता है, उसके लिये संप्रदाय मिट जाते हैं और केवल निर्विशेष धर्म ही शेष रह जाता है।"

एक मित्र मौजूद थे। उन्होंने कहा: "और, नास्तिकों के संबंध में आपको क्या खयाल है?"

वे हंसने लगे और बोले: "नास्तिक को मैंने आस्तिकता का द्वार कहा है, इसलिए कोई यह न समझ ले कि सभी नास्तिक उस द्वार पर खड़े हैं। बहुत से नास्तिक तो

नास्तिकता को भी प्रचार से ही स्वीकार करते हैं। वे वस्तुतः नास्तिक नहीं, तथाकथित आस्तिकों के ही एक प्रकार हैं।

"कोई दूसरों की आस्था को अंगीकार कर लेता है कि 'ईश्वर है', और कोई दूसरों की अनास्था को स्वीकार कर लेता है कि 'ईश्वर नहीं है'। मेरे देखे, दोनों ही आस्तिक ही हैं। क्योंकि, उनमें निषेध नहीं है, अस्वीकार नहीं है, स्वयं की खोज और अनुसंधान का साहस और संकल्प नहीं है।

"फिर, कुछ ऐसे नास्तिक भी हैं, जो कि आस्तिकों के विरोध और प्रतिक्रिया (Reaction) में नास्तिक हैं। ऐसे प्रतिक्रियावादी भी वस्तुतः नास्तिक नहीं हैं। किसी के विरोध में जो कुछ है, वह स्वयं में तो कुछ भी नहीं है। उसे आस्तिकों में रख दिया जाये, तो वह आस्तिक भी हो सकता है!

"नास्तिकता किसी का विरोध नहीं, वरन् स्वयं की अतंर्दशा हो, तो ही वास्तविक होती है। उससे ही क्रांति होती है और उससे ज्ञान का आविर्भाव होता है। वह 'नेति-नेति' का ही रूप है। 'यह भी नहीं, यह भी नहीं,'—ऐसे जो खोजता चलता है, वह एक दिन उस पर अवश्य ही पहुंच जाता है 'जो कि है' (That which is)।"

ओशो ने अपने एक प्रवचन में कहा था: "मैं शून्य हो गया था—सब भांति की श्रद्धाओं से शून्य। कोई भी मेरी मान्यता न थी—कोई भी विश्वास—कोई भी विचार न था। न स्वीकार था, न अस्वीकार। कुछ भी न था। बस, मैं ही था—निपट और अकेला और शून्य। और तब कुछ हुआ—तब कुछ जागा और भरा। वह शून्यता पूर्ण के आगमन के लिये अवकाश बन गई। मैंने देखा कि मैं भर गया हूं। मैंने पाया कि मैं हो गया हूं।"

एक और चर्चा में उन्होंने कहा था: "शास्त्र को छोड़ दो, यदि सत्य को पाना है। क्योंकि, सत्य उसी रिक्त-स्थान में प्रवेश करता है, जहां कि अभी शास्त्र भरे हुए हैं। शास्त्र से

जो भरे हैं, वे सत्य से रिक्त ही होंगे। और, जो शास्त्र से रिक्त होने का साहस करते हैं, वे सत्य से भर दिये जाते हैं।"

उनसे जब कोई पूछता है: "शास्त्र क्या है?" तो वे कहते हैं: "श्रद्धा-किसी भी विचार पर श्रद्धा। श्रद्धा भी शास्त्र है और अश्रद्धा भी। श्रद्धा और अश्रद्धा से जो शून्य है, वही स्वयं में है और वही सत्य में है।"

नास्तिकता से उनका अपना अर्थ और अभिप्राय है और उनके उस अर्थ से वह निश्चय ही आस्तिकता का द्वार है।

नास्तिक वे उसे कहते हैं, जिसकी किसी पर कोई श्रद्धा या अश्रद्धा नहीं है। स्वभावतः ऐसे व्यक्ति में ही आत्मश्रद्धा का जन्म हो सकता है।

ओशो की जीवन-चर्या क्या है?

उनसे पूछो, तो वे कहेंगे: "कोई भी नहीं। मैंने स्वयं को छोड़ दिया है। अब जो होता है, वह होता है; मैं उसका कर्ता नहीं हूं। जब नींद आती है, सो जाता हूं, और जब नींद टूटती है, तब उठ आता हूं। न मैं सोता हूं, न उठता हूं। मैं तो मात्र देखता हूं। कैसा जीवन, कैसी चर्या? किसका जीवन, किसकी चर्या?"

निश्चय ही उनके जीवन में कोई भी नियम ऊपर से आरोपित नहीं मालूम होते हैं। उनका जीवन अत्यंत सहज है और जो भी अनुशासन है, वह सहज-स्फूर्त है। उस अनुशासन का शायद उन्हें भी पता नहीं है। क्योंकि, न उन्होंने उसे कभी सोचा है और न साधा है। वह सब तो उनके बोध की सहज छाया है। ज्ञान ही आचरण है और अनुशासन है, इस सत्य की उनसे बड़ी गवाही और कौन दे सकता है!

एक सभा में किसी ने उनसे पूछा था: "हम क्या करें?" तो उन्होंने कहा था: "मुझसे करने (Doing) के संबंध में न पूछें। करने की, न-करने की बात ही सब व्यर्थ और थोथी है। सवाल करने का नहीं, सदा होने (Being) का है। प्रश्न यह नहीं, कि तुम क्या करते हो? प्रश्न यह है कि तुम क्या

हो! क्योंकि, तुम्हारा सब करना तुम्हारे होने से ही तो निकलता है। तुम वही तो करोगे न, जो कि तुम हो?

"और जब हम करने का विचार करने लगते हैं, तभी अंतर्द्वंद्व पैदा हो जाता है। वह जो है, उस पर हम उसे थोपने लगते हैं, जो कि नहीं है। ऐसे ही पाखंड पैदा होता है। और ऐसे ही पागलपन भी पैदा होता है। इसलिए मैं तुम्हारे कर्मों के परिवर्तन के लिए नहीं, वरन् तुम्हारे ही परिवर्तन के लिए प्रार्थना करता हूं।"

व्यक्ति के अंतस परिवर्तन को ही वे योग कहते हैं। उनकी दृष्टि नीति पर नहीं, योग पर है। क्योंकि, उनकी दृष्टि आचरण पर नहीं, अंतस पर है।

नीति की शिक्षा हो सकती है, पर योग की तो साधना ही होती है।

किंतु साधना के संबंध में उनकी बड़ी मौलिक दृष्टि है। साधना को वे क्रिया नहीं, अक्रिया कहते हैं। वे कहते हैं: जो भी किया जा सकता है, वह सब संसार में ही ले जाता है। वस्तुतः क्रिया मात्र बाहर ही होती है। वह जो आत्यंतिक रूप से आंतरिक है, वहां कोई क्रिया नहीं है। वहां तो सत्ता है, वहां तो होना है, वहां तो आत्मा है। इसलिए उस ओर, स्वयं की ओर जाने का पथ अक्रिया का पथ है। और जो उस सत्ता को जान लेता है, फिर उसकी सब क्रियाओं के केंद्र में अक्रिया होती है और उसके सब कर्म अकर्म हो जाते हैं। फिर वह करता हुआ भी, कुछ भी नहीं करता है और संसार में होते हुए संसार में नहीं होता है।

ओशो से मैंने पूछा था : "अक्रिया में कैसे जायें?"

वे बोले थे: "देखो, फिर भी क्रिया ही पूछते हो? पूछते हो, कैसे?—नहीं। अक्रिया में जाने की चिंता मत करो, नहीं तो किसी क्रिया में ही उलझ जाओगे। अच्छा हो कि क्रिया को समझो—क्रिया को देखो और जानो। क्रिया के प्रति जागो। स्मरण रहे कि क्रिया मूर्च्छित न हो—किसी भी तल पर

मूर्च्छित न हो।

"शरीर की क्रियाएं हैं और मन की क्रियाएं हैं। दोनों के प्रति स्मृति चाहिए—होश चाहिए—भान चाहिए। उन्हें देखो, और उनके साक्षी बनो। जिस-जिस क्रिया के प्रति जागोगे, उसके होते हुए भी तुम पाओगे कि तुम अक्रिया में हो। क्रिया क्रिया है और तुम अक्रिया हो। तुम तो मात्र भान (Awareness) हो—मात्र बोध हो। यह बोध ही अपनी परिपूर्णता में अक्रिया में ले जाता है। इस भांति चैतन्य की शुद्ध दशा को अनुभव कर लेना ही समाधि है। समाधि में जो जाना जाता है, वही सत्य है।

ओशो स्वयं तो कुछ लिखते नहीं हैं। उन्होंने साधक श्रोताओं के समक्ष जीवंत प्रवचन दिये हैं तथा प्रारंभ में उन्होंने अपने प्रेमी साधकों को व संन्यासी शिष्यों को साधना-पथ पर प्रशस्त करने के लिए उन्हें पत्र लिखे थे। उन प्रवचनों तथा पत्रों को पुस्तकों के रूप में संकलित कर लिया गया है। 'पथ के प्रदीप' उनके पत्रों का संकलन है। इसमें उनके सौ अमृत पत्र हैं। ये पत्र उन्होंने पूना की मा योग सोहन (सुश्री सोहन माणिकलाल बाफना) को लिखे हैं। इन पत्रों का अपना मधुर इतिहास है।

ओशो के सान्निध्य और सत्संग के लिये माथेरान में 1965 में एक शिविर आयोजित हुआ था। दूर-दूर से उन्हें प्रेम करनेवाले मित्र उनकी वाणी सुनने को एकत्रित हुए थे। विदा के समय अनेक की आंखें गीली थीं। सौ. सोहन के झरझर आंसू गिर रहे थे।

उसने ओशो के पैर पड़े और जोर से रोने लगीं। ओशो ने कहा: "प्रेम और आनंद में गिरे आंसुओं से पवित्र इस धरा पर और कुछ भी नहीं है। लेकिन मैं इन आंसुओं के बदले में तुम्हें क्या दूं? मेरे पास तो कुछ भी नहीं है?"

फिर, उन पवित्र आंसुओं के स्मरण में उन्होंने धीरे-धीरे ये पत्र सुश्री सोहन को लिखे।

ओशो के प्रेम और करुणा से निकले हुए ये पत्र अपने आप में अद्वितीय हैं। इससे अनेक लोगों के जीवन-पथ पर प्रकाश फैलेगा।

महेंद्र कुमार 'मानव'

श्री महेंद्र कुमार 'मानव' हिंदी भाषा के यशस्वी कवि एवं लेखक होने के साथ ही साथ संपादक, समाज-सेवी एवं स्वतंत्रता संग्राम सेनानी भी हैं। श्री मानव विन्ध्यप्रदेश के वित्त एवं समाज सेवा मंत्री तथा म. प्र. विधान सभा के सदस्य रहे हैं।

आपकी प्रकाशित पुस्तकों में 'मनुष्य की गंध मुझे आती है' काव्य-संग्रह तथा प. कन्हैयालाल मुंशी 'की गुजराती पुस्तक का हिंदी अनुवाद 'नवलिकाओं' विशेष उल्लेखनीय हैं। सम्प्रति श्री मानव 'दि पंचायत राज' साप्ताहिक के प्रधान संपादक हैं तथा इंडो-जर्मन फ्रेंडशिप एसोसिएशन, इंडियन फेडेरेशन आफ स्माल एंड मीडियम न्यूज पेपर्स, स्वामी प्रणवानंद सरस्वती लिटरेचर ट्रस्ट आफ इंडिया, आल इंडिया फ्रीडम फाइटर्स आर्गनाइजेशन आदि विभिन्न संस्थाओं के विशिष्ट पदों पर अपनी सेवायें प्रदान कर रहे हैं।

1

मनुष्य का जन्म दासता में है। हम अपने ही दास पैदा होते हैं। वासना की जंजीरों के साथ ही जगत में हमारा आना होता है। बहुत सूक्ष्म बंधन हमें बांधे हैं।

परतंत्रता जन्मजात है। वह प्रकृति प्रदत्त है। हमें उसे कमाना नहीं होता। मनुष्य पाता है कि वह परतंत्र है। पर, स्वतंत्रता अर्जित करनी होती है। उसे वही उपलब्ध होता है, जो उसके लिए श्रम और संघर्ष करता है। स्वतंत्रता के लिये मूल्य देना होता है। जीवन में जो भी श्रेष्ठ है, वह निर्मूल्य नहीं मिलता। प्रकृति से मिली परतंत्रता दुर्भाग्य नहीं है। दुर्भाग्य है, स्वतंत्रता को अर्जित न कर पाना। दास पैदा होना बुरा नहीं, पर दास ही मर जाना अवश्य बुरा है। अंतस की स्वतंत्रता को पाये बिना जीवन में कुछ भी सार्थकता और कृतार्थता तक नहीं पहुंचता है। वासनाओं की कैद में जो बंद है, और जिन्होंने विवेक को मुक्ताकाश नहीं जाना है, उन्होंने जीवन तो पाया, पर वे जीवन को जानने से वंचित रह गये हैं। पिंजड़ों में कैद पक्षियों और वासनाओं की कैद में बड़ी आत्माओं के जीवन में कोई भेद नहीं है। विवेक जब वासना से मुक्त होता है, तभी वास्तविक जीवन के जगत में प्रवेश होता है। प्रभु को जानना है, तो स्वयं को जीतो। स्वयं से ही जो पराजित हैं, प्रभु को राज्य की विजय उनके लिये नहीं है।

2

सत्य की साधना सतत है। श्वास-श्वास जिसकी—साधना बन जाती है, वही उसे पाने का अधिकारी होता है।

सत्य की आकांक्षा अन्य आकांक्षाओं के साथ एक आकांक्षा नहीं है। अंश मन से जो उसे चाहता है, वह चाहता ही नहीं। उसे तो पूरे और समग्र मन से ही चाहना होता है। मन जब अपनी अखंडता में उसके लिये प्यासा होता है, तब वह प्यास ही सत्य तक पहुंचने का पथ बन जाती है। स्मरण रहे कि सत्य के लिये प्रज्वलित प्यास ही पथ है। प्राण जब उस अनंत प्यास से भरे होते हैं, और हृदय जब अज्ञात को खोजने के लिये ही धड़कता है, तभी प्रार्थना प्रारंभ होती है। श्वासें जब उसके लिये ही आती-जाती हैं, तभी, उस मौन अभीप्सा में ही परमात्मा की ओर पहले चरण रखे जाते हैं।

प्रेम—प्यासा प्रेम ही उसे पाने की पात्रता और अधिकार है।

सत्य एक है। उस तक पहुंचने के द्वार अनेक हो सकते हैं। पर, जो द्वार के मोह में पड़ जाता है, वह द्वार पर ही ठहर जाता है। और सत्य के द्वार उसके लिये कभी नहीं खुलते हैं।

सत्य सब जगह है। जो भी है, सभी सत्य है। उसकी अभिव्यक्तियां अनंत हैं। वह सौंदर्य की भांति ही है। सौंदर्य कितने रूपों में प्रकट होता है। लेकिन, इससे क्या वह भिन्न-भिन्न हो जाता है। जो रात्रि तारों में झलकता है, और जो फूलों में सुगंध बनकर झरता है, और जो आंखों में प्रेम बनकर प्रकट होता है—वह क्या अलग-अलग है? रूप अलग हों, पर जो उनमें स्थापित होता है, वह तो एक ही है।

किंतु जो रूप पर रुक जाता है, वह आत्मा को नहीं जान पाता। और, जो सुंदर पर ठहर जाता है, वह सौंदर्य तक नहीं पहुंच पाता है।

ऐसे ही, जो शब्द से बंध जाते हैं, वे सत्य से वंचित रह जाते हैं।

जो जानते हैं, वे राह के अवरोधों को सीढ़ियां बना लेते हैं। और, जो नहीं जानते, उनके लिये सीढ़ियां भी अवरोध बन जाती हैं।

4

आत्मज्ञान एकमात्र ज्ञान है। क्योंकि, जो स्वयं को ही नहीं जानते, उनके और सब कुछ जानने का मूल्य ही क्या है?

मनुष्य की सबसे बड़ी कठिनाई मनुष्य को अपने ही प्रति अज्ञान है। दीये के ही नीचे जैसे अंधेरा होता है, वैसे ही मनुष्य उस सत्ता के ही प्रति अंधकार में होता है, जो कि उसकी आत्मा है। हम स्वयं को ही नहीं जानते हैं, और तब, यदि हमारा सारा जीवन ही गलत दिशाओं में चला जाता हो, तो आश्चर्य करना व्यर्थ है। आत्मज्ञान के अभाव में जीवन उस नौका की भांति है, जिसका चलानेवाला होश में नहीं है, लेकिन नौका को चलाये जा रहा है। जीवन को सम्यक गति और गंतव्य देने के लिये स्वयं का ज्ञान अत्यंत आधारभूत है। इसके पूर्व कि जानें कि मुझे क्या होना है, यह जानना बहुत अनिवार्य है कि मैं क्या हूं। मैं जो हूं, उससे परिचित होकर ही, मैं उस भविष्य के आधार रख सकता हूं, जो कि अभी मुझमें सोया हुआ है। मैं जो हूं, उसे जानकर ही मुझमें अभी जो अजन्मा है, उसका जन्म हो सकता है। यदि, जीवन को सार्थकता देनी है, और पूर्णता के तट तक अपनी नौका ले जानी है, तो और कुछ जानने के पहले स्वयं को जानने में लग जाओ। उसके बाद ही शेष ज्ञान का भी उपयोग होता है। अन्यथा, अज्ञान के हाथों में आया ज्ञान आत्मघाती ही सिद्ध होता है।

ज्ञान की पहली आकांक्षा स्वयं को जानने की है। उस बिंदु पर अंधकार है, तो सब जगह अंधकार है। और, वहां प्रकाश है, तो सब जगह प्रकाश है।

5

मनुष्य को स्वयं से ही अतृप्त होना होता है, तभी उसके चरण प्रभु की दिशा में उठते हैं। जो स्वयं से तृप्त हो जाता है, वह नष्ट हो जाता है।

मैं अतृप्ति सिखाता हूं, मैं मनुष्य होने से असंतोष सिखाता हूं। मनुष्यता जीवन-यात्रा का पड़ाव है, अंत नहीं। और, जो उसे अंत समझ लेते हैं, वे मनुष्य से ऊपर उठने के एक अमूल्य अवसर को व्यर्थ ही खो देते हैं। हम एक लम्बे विकास की मध्य कड़ी हैं। हमारा अतीत एक यात्रा-पथ था, हमारा भविष्य भी यात्रा है। विकास हम पर समाप्त नहीं है, वह हमें भी अतिक्रमण करेगा। हम अपनी ओर देखें, तो यह समझना कठिन नहीं होगा। मनुष्य का हर भांति अधूरा और अपूर्ण होना इसका प्रमाण है। हम कोई ऐसी कृति नहीं हैं कि प्रकृति हम पर रुक जावे।

प्रभु के पूर्व विकास—यदि वस्तुतः विकास है, तो वह कहीं भी नहीं रुक सकता है। प्रभु की पूर्णता पाने के पूर्व,

विकास का न कोई सार्थक अंत हो सकता है, और न कोई अभिप्राय या अर्थ। मनुष्य प्रभु को पाने का मार्ग है। और, जो मंजिल को छोड़ मार्ग से ही संतुष्ट हो जावें, उनके दुर्भाग्य को क्या कहें? पशु को हमने पीछे छोड़ा है, प्रभु को हमें आगे पाना है। हम पशु और प्रभु के बीच एक सेतु से ज्यादा नहीं है।

इसलिए, मैं मनुष्य के अतिक्रमण के लिये कहता हूं। मनुष्य को हमें वैसे ही पीछे छोड़ देना है, जैसे सांप अपनी केंचुली छोड़कर आगे बढ़ जाता है। मनुष्य का अतिक्रमण ही मनुष्य जीवन का सदुपयोग है। उसके अतिरिक्त सब दुरुपयोग है। मार्ग रुकने के लिए नहीं होता। उसकी सार्थकता ही उसके पार हो जाने में है।

जैसा अपने को पाते हो, उस पर ही मत रुक जाना। वह पथ का अंत नहीं प्रारंभ ही है। पूर्ण जब तक न हो जाओ, तब तक जानना कि अभी मार्ग का अंत नहीं आया है।

6

अंधकार की चिंता छोड़ो, और प्रकाश को प्रदीप्त करो। जो अंधकार का ही विचार करते रहते हैं, वे प्रकाश तक कभी नहीं पहुंच पाते हैं।

जीवन में बहुत अंधकार है। और, अंधकार की ही भांति अशुभ और अनीति है। कुछ लोग इस अंधकार को स्वीकार कर लेते हैं। और तब, उनके भीतर जो प्रकाश तक पहुंचने और उसे पाने की आकांक्षा थी, वह क्रमशः क्षीण होती जाती है। मैं अंधकार की इस स्वीकृति को मनुष्य का सबसे बड़ा पाप कहता हूं। यह मनुष्य का स्वयं अपने ही प्रति किया गया अपराध है। उसके दूसरों के प्रति किये गये अपराधों का जन्म इस मूल-पाप से ही होता है। यह स्मरण रहे कि जो व्यक्ति अपने ही प्रति इस पाप को नहीं करता है, वह किसी के भी प्रति कोई पाप नहीं कर सकता है। किंतु, कुछ लोग अंधकार

के स्वीकार से बचने के लिये उसके अस्वीकार में लग जाते हैं। उनका जीवन अंधकार के निषेध का ही सतत उपक्रम बन जाता है। यह भी भूले हैं। अंधकार को मान लेने वाला भी भूल में है, उससे लड़ने वाला भी भूल में है। न अंधकार को मानना है, न उससे लड़ना है। वे दोनों ही अज्ञान हैं। जो जानता है, वह प्रकाश को जलाने की आयोजना करता है। अंधकार की अपनी सत्ता नहीं है। वह प्रकाश का अभाव मात्र है। प्रकाश के आते ही वह नहीं पाया जाता है। और ऐसा ही अशुभ है, ऐसी ही अनीति है, ऐसा ही अधर्म है। अशुभ को, अनीति को, अधर्म को मिटाना नहीं; शुभ का, नीति का, धर्म का दीया जलाना ही पर्याप्त है। धर्म की ज्योति ही अधर्म की मृत्यु है।

अंधकार से लड़ना अभाव से लड़ना है। वह विक्षिप्तता है। लड़ना है तो प्रकाश पाने के लिये लड़ो। जो प्रकाश पा लेता है, वह अंधकार को मिटा ही देता है।

7

जीवन-सत्य संयम और संगीत से मिलता है। जो किसी भी दिशा में अति करते हैं, वे मार्ग से भटक जाते हैं।

मनुष्य का मन अतियों में डोलता और चलता है। एक अति से दूसरी अति पर चला जाना उसे बहुत आसान है। ऐसा उसका स्वभाव ही है। शरीर के प्रति जो बहुत आसक्त है, वही व्यक्ति प्रतिक्रिया में शरीर के प्रति बहुत कठोर और क्रूर हो सकता है। इस कठोरता और क्रूरता में भी वही आसक्ति प्रच्छन्न होती है। और, इसलिए जैसे वह पहले शरीर से बंधा था, वैसा ही अब भी—बिलकुल विपरीत दिशा से—शरीर से ही बंधा होता है। शरीर का ही चिंतन पहले था, शरीर का ही चिंतन अब भी होता है। इस भांति विपरीत अति पर जाकर मन धोखा दे देता है, और उसकी जो मूल वृत्ति थी, उसे बचा लेता है। मन का सदा अतियों में चलने का कारण यही है। मन की इस विपरीत अतियों में चलने की प्रवृत्ति को ही मैं असंयम कहता हूं।

फिर, संयम मैं किसे कहता हूं? दो अतियों के बीच मध्य खोजने और उस मध्य में थिर होने का नाम संयम है। और, जहां संयम होता है, जीवन वहीं संगीत से भर जाता है। संगीत संयम का फल है।

शरीर के प्रति राग और विराग का मध्य खोजने और उसमें स्थिर होने से वीतरागता का संयम उपलब्ध होता है।

संसार के प्रति आसक्ति और विरक्ति का मध्य खोजने और उसमें स्थिर होने से संन्यास का संयम उपलब्ध होता है।

और, इस भांति जो समस्त अतियों में संयम को साधता है, वह अतियों के अतीत हो जाता है, और उसके जीवन में निर्वाण के संगीत का अवतरण होता है।

मनुष्य मन अतियों में जीता है, और यदि अतियां न हों, तो वह विलीन हो जाता है। उसके कोलाहल के विलीन हो जाने पर सहज ही वह संगीत सुनाई पड़ने लगता है, जो कि सदा सदैव से ही स्वयं के भीतर निनादित हो रहा है। स्वयं का वह संगीत ही निर्वाण है, मोक्ष है, परम-ब्रह्म है।

पानी में डूबने से बचना है, तो आग की लपटों में स्वयं को डाल देना—बचाव का यह कोई मार्ग नहीं है।

अंधकार से भरी रात्रि में प्रकाश की एक किरण का होना भी सौभाग्य है। क्योंकि, जो उसका अनुसरण करते हैं, वे प्रकाश के स्रोत तक पहुंच जाते हैं।

एक राजा ने किसी कारण नाराज हो अपने वजीर को एक बहुत बड़ी मीनार के ऊपर कैद कर दिया था। एक प्रकार से यह अत्यंत कष्टप्रद मृत्युदंड ही था। न तो उसे कोई भोजन पहुंचाया जाता था और न उस गगनचुंबी मीनार से कूदकर ही उसके भागने की कोई संभावना थी।

वह वजीर जब कैद करके मीनार की तरफ ले जाया जा रहा था, तो लोगों ने देखा कि वह जरा भी चिंतित और दुखी नहीं है। विपरीत, वह सदा की भांति ही आनंदित और प्रसन्न है। उसकी पत्नी ने रोते हुए उसे विदा दी और उससे पूछा कि वह प्रसन्न क्यों है। उसने कहा कि यदि रेशम का एक अत्यंत पतला सूत भी मेरे पास पहुंचाया जा सका, तो मैं स्वतंत्र हो जाऊंगा और क्या इतना-सा काम तुम नहीं कर सकोगी?

उसकी पत्नी ने बहुत सोचा, लेकिन उस ऊंची मीनार पर रेशम का पतला सूत भी पहुंचाने का कोई उपाय उसकी

समझ में नहीं आया। उसने एक फकीर को पूछा। फकीर ने कहा: 'भृंग नाम के कीड़े को पकड़ो। उसके पैर में रेशम के धागे को बांध दो और उसकी मूंछों पर शहद की एक बूंद रखकर उसे मीनार पर, उसका मुंह चोटी की ओर करके, छोड़ दो।' उसी रात्रि यह किया गया। वह कीड़ा सामने मधु की गंध पाकर उसे पाने के लोभ में धीरे-धीरे ऊपर चढ़ने लगा। उसने अंततः अपनी लंबी यात्रा पूरी कर ली और उसके साथ रेशम का एक छोर मीनार पर बंद कैदी के हाथ में पहुंच गया। यह रेशम का पतला धागा उसकी मुक्ति और जीवन बन गया। क्योंकि, उससे फिर सूत का धागा बांधकर ऊपर पहुंचाया गया, फिर सूत के धागे से डोरी पहुंचाई गई और फिर डोरी से मोटा रस्सा पहुंचाया गया और उस रस्से के सहारे वह कैद के बाहर हो गया।

इसलिए, मैं कहता हूं कि सूर्य तक पहुंचने के लिये प्रकाश की एक किरण भी बहुत है। और, वह किरण किसी को पहुंचानी भी नहीं है। वह प्रत्येक के पास है। जो उस किरण को खोज लेते हैं, वे सूर्य को भी पा लेते हैं।

मनुष्य के भीतर ज़ो जीवन है वह अमृत्व की किरण है। —जो बोध है, वह बुद्धत्व की बूंद है—और जो आनंद है, वह सच्चिदानंद की झलक है।

9

प्रार्थना क्या है?—प्रेम और समर्पण। और, जहां प्रेम नहीं है, वहां प्रार्थना नहीं है।

प्रेम के स्मरण में एक अदभुत घटना का उल्लेख है। नूरी, रक्काम एवं अन्य कुछ सूफी फकीरों पर काफिर होने का आरोप लगाया गया था, और उन्हें मृत्यु दंड दिया जा रहा था। जल्लाद जब नंगी तलवार लेकर रक्काम के निकट आया, तो नूरी ने उठकर स्वयं को अपने मित्र के स्थान पर अत्यंत प्रसन्नता और नम्रता के साथ पेश कर दिया। दर्शक स्तब्ध रह गये। हजारों लोगों की भीड़ थी। उनमें एक सन्नाटा दौड़ गया। जल्लाद ने कहा: "हे युवक, तलवार ऐसी वस्तु नहीं है, जिससे मिलने के लिए लोग इतने उत्सुक और व्याकुल हों। और फिर तुम्हारी अभी बारी भी नहीं आई है।" और, पता है कि फकीर नूरी ने उत्तर में क्या कहा? उसने कहा: "प्रेम ही मेरा धर्म है। मैं जानता हूं कि जीवन, संसार में सबसे मूल्यवान वस्तु है, लेकिन प्रेम के मुकाबले वह कुछ भी नहीं है। जिसे प्रेम उपलब्ध हो जाता है, उसे जीवन खेल से ज्यादा नहीं है। संसार में जीवन श्रेष्ठ है। प्रेम जीवन से भी श्रेष्ठ है, क्योंकि वह संसार का नहीं, सत्य का अंग है। और, प्रेम कहता है कि जब मृत्यु आये, तो अपने मित्रों के आगे हो जाओ और जब जीवन मिलता हो तो पीछे। इसे हम प्रार्थना कहते हैं।"

प्रार्थना का कोई ढांचा नहीं होता है। वह तो हृदय का सहज अंकुरण है। जैसे पर्वत से झरने बहते हैं, ऐसे ही प्रेम-पूर्ण हृदय से प्रार्थना का आविर्भाव होता है।

प्रत्येक व्यक्ति एक दर्पण है। सुबह से सांझ तक इस दर्पण पर धूल जमती है। और, जो इस धूल को जमते ही जाने देते हैं, वे दर्पण नहीं रह जाते। और जैसा स्वयं का दर्पण होता है, वैसा ही ज्ञान होता है। जो जिस मात्रा में दर्पण है, उस मात्रा में ही सत्य उसमें प्रतिफलित होता है।

एक साधु से किसी व्यक्ति ने कहा कि विचारों का प्रवाह उसे बहुत परेशान कर रहा है। उस साधु ने उसे निदान और चिकित्सा के लिये अपने एक मित्र साधु के पास भेजा और उससे कहा: "जाओ और उसकी समग्र जीवन-चर्या ध्यान से देखो। उससे ही तुम्हें मार्ग मिलने को है।"

वह व्यक्ति गया। जिस साधु के पास उसे भेजा गया था, वह एक सराय में रखवाला था। उसने वहां जाकर कुछ दिनों तक उसकी चर्या देखी। लेकिन, उसे उसमें कोई खास बात सीखने जैसी दिखाई नहीं पड़ी। वह साधु अत्यंत सामान्य और साधारण व्यक्ति था। उसमें कोई ज्ञान के लक्षण भी दिखाई नहीं पड़ते थे। हां, बहुत सरल था और शिशुओं जैसा निर्दोष मालूम होता था, लेकिन उसकी चर्या में तो कुछ

भी नहीं था।

उस व्यक्ति ने साधु की पूरी दैनिक चर्या देखी थी, केवल रात्रि में सोने के पहले और सुबह जागने के बाद वह क्या करता था, वही भर उसे ज्ञात नहीं हुआ था। उसने उससे ही पूछा। साधु ने कहा: "कुछ भी नहीं। रात्रि को मैं सारे बर्तन मांजता हूं। और चूंकि रात्रि भर में उनमें थोड़ी बहुत धूल पुनः जम जाती है, इसलिए सुबह उन्हें फिर धोता हूं। बरतन गंदे और धूल भरे न हों, यह ध्यान रखना आवश्यक है। मैं इस सराय का रखवाला जो हूं।"

वह व्यक्ति इस साधु के पास से अत्यंत निराश हो अपने गुरु के पास लौटा। उसने साधु की दैनिक चर्या और उससे हुई बातचीत गुरु को बताई। उसके गुरु ने कहा: "जो जानने योग्य था, वह तुम सुन और देख आये हो। लेकिन समझ नहीं सके। रात्रि तुम भी अपने मन को मांजो, और सुबह उसे पुनः धो डालो। धीरे-धीरे चित्त निर्मल हो जायेगा। सराय के रखवाले को इस सबका ध्यान रखना बहुत आवश्यक है।"

चित्त की नित्य सफाई अत्यंत आवश्यक है। उसके स्वच्छ होने पर ही समग्र जीवन की स्वच्छता या अस्वच्छता निर्भर है। जो उसे विस्मरण कर देते हैं, वे अपने हाथों अपने पैरों पर कुल्हाड़ी मारते हैं।

11

शाश्वत, क्षण में छिपा है और अणु में विराट। अणु को जो अणु मान कर छोड़ दे, वह विराट को ही खो देता है। क्षुद्र में ही खोदने से परम की उपलब्धि होती है।

जीवन का प्रत्येक क्षण महत्वपूर्ण है। और किसी भी क्षण का मूल्य किसी दूसरे क्षण से न ज्यादा है, न कम है।

आनंद को पाने के लिए किसी अवसर की प्रतीक्षा करना व्यर्थ है। जो जानते हैं, वे प्रत्येक क्षण को ही आनंद बना लेते हैं। और, जो अवसरों की प्रतीक्षा करते रहते हैं, वे जीवन के अवसर को ही खो देते हैं। जीवन की कृतार्थता इकट्ठी और राशिभूत नहीं मिलती है। उसे तो बिंदु-बिंदु और क्षण-क्षण में ही पाना होता है।

एक साधु के निर्वाण पर उसके शिष्यों से पूछा गया था कि दिवंगत सदगुरु अपने जीवन में सबसे बड़ी महत्वपूर्ण बात कौन-सी मानते थे? उन्होंने उत्तर में कहा था: "वही जिसमें किसी भी क्षण वे संलग्न होते थे।"

बूंद-बूंद से सागर बनता है। और क्षण-क्षण से जीवन। बूंद को जो पहचान ले, वह सागर को जान लेता है। और, क्षण को जो पा ले, वह जीवन पा लेता है।

'मैं' से बड़ी और कोई भूल नहीं। प्रभु के मार्ग में वही सबसे बड़ी बाधा है। जो उस अवरोध को पार नहीं करते, सत्य के मार्ग पर उनकी कोई गति नहीं होती है।

एक साधु किसी गांव से गुजरता था। उसका एक मित्र-साधु भी उस गांव में था। उसने सोचा कि उससे मिलता चलूं। रात आधी हो रही थी, फिर भी वह मिलने गया। एक बंद खिड़की से प्रकाश को आते देख उसने उसे खटखटाया। भीतर से आवाज आई: "कौन है?" उसने यह सोच कि वह तो अपनी आवाज से ही पहचान लिया जावेगा, कहा, "मैं।" फिर, भीतर से कोई उत्तर न आया। उसने बार-बार खिड़की पर दस्तक दी पर उत्तर नहीं आया। ऐसा ही लगने लगा कि जैसे वह घर बिलकुल निर्जन है। उसने जोर से कहा: "मित्र, तुम मेरे लिये द्वार क्यों नहीं खोल रहे हो और चुप क्यों हो गये?" भीतर से कहा गया: "यह कौन ना-समझ है, जो स्वयं को 'मैं' कहता है, क्योंकि, 'मैं' कहने का अधिकार सिवाय परमात्मा के और किसी को नहीं है।"

प्रभु के द्वार पर हमारे 'मैं' का ही ताला है। जो उसे तोड़ देते हैं, वे पाते हैं कि द्वार तो सदा से ही खुले थे!

सत्य स्वयं के भीतर है। उसे पहचान लेना भी कठिन नहीं, लेकिन उसके लिए अपने ही भीतर यात्रा करनी होगी। जब कोई अपने भीतर जाता है, तो अपने ही प्राणों के प्राण में वह सत्य को भी पा जाता है और स्वयं को भी।

पहले महायुद्ध की बात है, एक फ्रांसीसी सैनिक को किसी रेलवे स्टेशन के पास अत्यंत क्षत-विक्षत स्थिति में पाया गया था। उसका चेहरा इतने घावों से भरा था कि उसे पहचानना कठिन था कि वह कौन है। उसे पहचानना और भी कठिन इसलिए हो गया था कि उसके मस्तिष्क पर चोट आ जाने से वह स्वयं भी स्वयं को भूल गया था। उसकी स्मृति चली गई थी। पूछे जाने पर वह कहता था: "मैं नहीं जानता कि मैं कौन हूं और कहां से हूं?" और यह बताते ही उसकी आंखों से आंसुओं की धार लग जाती थी। अंततः तीन परिवारों ने उसे अपने परिवार से संबंधित होने का दावा किया। वह तीन परिवारों से हो, यह तो संभव नहीं था। इसलिए, उसे क्रमशः तीनों गांवों में ले जाकर छोड़ा गया। दो गांवों में तो वह किंकर्तव्यविमूढ़ की भांति जाकर खड़ा हो गया। किंतु तीसरे गांव में प्रविष्ट होते ही उसकी फीकी आंखें एक नई चमक से भर गईं। और, उसके भाव-शून्य चेहरे पर किन्हीं भावों के दर्शन होने लगे। वह स्वयं ही एक छोटी गली में गया और फिर एक घर को देखकर दौड़ने लगा। उसके सोये-से प्राणों में कोई व्यक्ति जैसे जाग गई हो, वह पहचान गया था। उसका घर उसकी स्मृति में आ गया था। उसने आनंद से विभोर होकर कहा था: "यही मेरा घर है और मुझे स्मरण आ गया है कि मैं कौन हूं।"

ऐसा ही हममें से प्रत्येक के साथ हुआ है। हम भूल गये

हैं कि कौन हैं, क्योंकि हम भूल गये हैं कि हमारा घर कहां है। अपना घर दीख जावे, तो स्वयं को पहचान लेना सहज ही हो जाता है।

जो व्यक्ति बाहर ही यात्रा करता रहता है, वह कभी उस गांव में नहीं पहुंचता, जहां कि उसका वास्तविक घर है। और, वहां न पहुंचने से वह स्वयं तक ही नहीं पहुंच पाता है। बाहर ही नहीं, भीतर भी एक यात्रा होती है, जो स्वयं तक और सत्य तक ले जाती है।

सत्य और स्वयं में जो सत्य को चुनता है, वह सत्य को भी पा लेता है और स्वयं को भी। और, जो स्वयं को चुनता है वह दोनों को खो देता है।

मनुष्य को सत्य होने से पूर्व स्वयं को खोना पड़ता है। इस मूल्य को चुकाये बिना सत्य में कोई गति नहीं है। उसका होना ही बाधा है। वही स्वयं सत्य पर परदा है। उसकी दृष्टि ही अवरोध है—वह दृष्टि जो कि 'मैं' के बिंदु से विश्व को देखती है। 'अहं-दृष्टि' के अतिरिक्त उसे सत्य से और कोई भी पृथक नहीं किये है। मनुष्य का 'मैं' हो जाना ही, परमात्मा से उसका पतन है। 'मैं' की पार्थिवता में ही वह नीचे आता है, और 'मैं' को खोते ही वह अपार्थिव और भागवत-सत्ता में ऊपर उठ आता है। 'मैं' होना नीचे होना है। 'न मैं' हो जाना ऊपर उठ जाना है।

किंतु, जो खोने जैसा दीखता है, वह वस्तुतः खोना नहीं—पाना है। स्वयं की, जो सत्ता खोनी है, वह सत्ता नहीं, स्वप्न ही है और उसे खोकर जो सत्ता मिलती है, वही सत्य है।

बीज जब भूमि के भीतर स्वयं को बिलकुल खो देता है, तभी वह अंकुरित होता है और वृक्ष बनता है।

जीवन एक कला है। वह कैसे भी जी लेने का नाम नहीं है। वस्तुतः, जो सोद्देश्य जीता है, वही केवल जीता है।

जीवन का क्या अर्थ है? क्या है, हमारे होने का अभिप्राय? क्या है उद्देश्य? हम क्या होना और क्या पाना चाहते हैं?

यदि, जीवन में गंतव्य का बोध न हो, तो गति सम्यक कैसे हो सकती है? और, यदि कहीं पहुंचना न हो, तो संतृप्ति को कैसे पाया जा सकता है?

जिसे समग्र जीवन के अर्थ का विचार नहीं है, उसके पास फूल तो हैं और वह उनकी माला भी बनाना चाहता है; किंतु उसके पास ऐसा धागा नहीं है, जो उन्हें जोड़ सके और एक कर सके। अंततः, वह पायेगा कि फूल माला नहीं बन सके हैं और उसके जीवन में न दिशा है और न कोई एकता है। उसके समस्त अनुभव आणविक ही होंगे और उनसे उस ऊर्जा का जन्म नहीं होगा, जो कि ज्ञान बन जाती है। वह जीवन के उस समग्र अनुभव से वंचित ही रह जावेगा, जिसके अभाव में जीना और न-जीना बराबर ही हो जाता है। उसका जीवन एक ऐसे वृक्ष का जीवन होगा, जिसमें कि न फूल लगे, न फल लगे। ऐसा व्यक्ति सुख-दुख तो जानेगा, लेकिन आनंद नहीं। क्योंकि, आनंद की अनुभूति तो जीवन को उसकी समग्रता में अनुभव करने से ही पैदा होती है।

आनंद को पाना है, तो जीवन को फूलों की एक माला बनाओ। और, समस्त अनुभवों को एक लक्ष्य के धागे से अनस्यूत करो। जो इससे अन्यथा करता है, वह सार्थकता और कृतार्थता को नहीं पाता है।

16

सत्य को चाहते हो, तो चित्त को किसी 'मत' से मत बांधो। जहां मत है, वहां सत्य नहीं आता। मत और सत्य में विरोध है।

सत्य की खोज के लिये मुक्त-जिज्ञासा पहली सीढ़ी है। और, जो व्यक्ति स्वानुभूति के पूर्व ही किन्हीं सिद्धांतों और मतों से अपने चित्त को बोझिल कर लेता है, उसकी जिज्ञासा कुंठित और अवरुद्ध हो जाती है।

जिज्ञासा—खोज की गति और प्राण है। जिज्ञासा के माध्यम से ही विवेक जाग्रत होता और चेतना ऊर्ध्व बनती है।

लेकिन, जिज्ञासा आस्था से नहीं, संदेह से पैदा होती है। और, इसलिए मैं आस्था को नहीं, संदेह को सत्य-पथ के राही को पाथेय मानता हूं। संदेह स्वस्थ चिंतन का लक्षण है

और उसके सम्यक अनुगमन से ही सत्य के ऊपर पड़े परदे क्रमशः गिरते जाते हैं, और एक क्षण सत्य का दर्शन होता है।

यह भी स्पष्ट कर देना आवश्यक है कि आस्तिक और नास्तिक दोनों ही आस्थावान होते हैं। आस्था विधायक और नकारात्मक दोनों ही प्रकार की होती है। संदेह चित्त की एक तीसरी ही अवस्था है। वह अविश्वास नहीं है और न ही विश्वास है। वह तो दोनों से मुक्त खोज के लिए स्वतंत्रता है।

और, सत्य की खोज वे कैसे कर सकते हैं जो कि पूर्व से ही किन्हीं मतों से आबद्ध हैं? मतों के खूंटों से विश्वास या अविश्वास की जंजीरों को जो खोल देता है, उसकी नाव ही केवल सत्य के सागर में यात्रा करने में समर्थ हो पाती है।

सत्य के आगमन की शर्त है: चित्त की पूर्ण स्वतंत्रता। जिसका चित्त किन्हीं सिद्धांतों में परतंत्र है, वह सत्य के सूर्य के दर्शन से वंचित रह जाता है।

17

आंखें खुली हों, तो पूरा जीवन ही विद्यालय है। और, जिसे सीखने की भूख है, वह प्रत्येक व्यक्ति और प्रत्येक घटना से सीख लेता है। और, स्मरण रहे कि जो इस भांति नहीं सीखता है, वह जीवन में कुछ भी नहीं सीख पाता। इमर्सन ने कहा है: "हर शख्स, जिससे मैं मिलता हूं, किसी न किसी बात में मुझसे बढ़कर है। वही, मैं उससे सीखता हूं।"

एक दृश्य मुझे स्मरण आता है। मक्का की बात है। एक नाई किसी के बाल बना रहा था। इसी समय फकीर जुन्नैद वहां आ गये और उन्होंने कहा: "खुदा की खातिर मेरी हजामत भी कर दें।" उस नाई ने खुदा का नाम सुनते ही

अपने गृहस्थ ग्राहक से कहा: "मित्र, अब थोड़ी मैं आपकी हजामत नहीं बना सकूंगा। खुदा की खातिर उस फकीर की सेवा मुझे पहले करनी चाहिये। खुदा का काम सबसे पहले है।" इसके बाद फकीर की हजामत उसने बड़े ही प्रेम और भक्ति से बनाई और उसे नमस्कार कर विदा किया। कुछ दिनों बाद जब जुन्नैद को किसी ने कुछ पैसे भेंट किये, तो वे उन्हें नाई को देने गये। लेकिन उस नाई ने पैसे न लिए और कहा: "आपको शर्म नहीं आती? आपने तो खुदा की खातिर हजामत बनाने को कहा था, रुपयों की खातिर नहीं!" फिर तो जीवन भर फकीर जुन्नैद अपनी मंडली में कहा करते थे: "निष्काम ईश्वर-भक्ति मैंने एक हज्जाम से सीखी है।"

क्षुद्रतम में भी विराट संदेश छुपे हैं। जो उन्हें उघाड़ना जानता है, वह ज्ञान को उपलब्ध होता है। जीवन में सजग होकर चलने से प्रत्येक अनुभव प्रज्ञा बन जाता है। और, जो मूर्च्छित बने रहते हैं, वे द्वार आये आलोक को भी वापस लौटा देते हैं।

18

मनुष्य के पैर नरक को और उसका सिर स्वर्ग को छूता है। ये दोनों ही उसकी संभावनाएं हैं। इन दोनों में से कौन-सा बीज वास्तविक बनेगा, यह उस पर और केवल उस पर निर्भर करता है।

मनुष्य की श्रेष्ठता स्वयं उसके अपने हाथों में है। प्रकृति ने तो उसे मात्र संभावनाएं दी हैं। उसका रूप निर्णीत नहीं है। वह स्वयं को स्वयं ही सृजन करता है। यह स्वतंत्रता महिमापूर्ण है। किंतु, हम चाहें तो इसे ही दुर्भाग्य भी बना सकते हैं। और, अधिक लोगों को यह स्वतंत्रता दुर्भाग्य ही सिद्ध होती है। क्योंकि, सृजन की क्षमता में विनाश की क्षमता और स्वतंत्रता भी तो छिपी है। अधिकतर लोग दूसरे विकल्प का ही उपयोग करते हैं। क्योंकि, निर्माण से विनाश आसान होता है। और, स्वयं को मिटाने से आसान और क्या है? स्व-विनाश के लिये आत्मसृजन में न लगना ही काफी है। उसके लिए अलग से और कुछ भी करने की आवश्यकता नहीं होती। जो जीवन में ऊपर की ओर नहीं उठ रहा है, वह अनजाने और अनचाहे ही पीछे और नीचे गिरता जाता है।

मैंने सुना है कि किसी सभा में चर्चा चली थी कि मनुष्य सब प्राणियों में श्रेष्ठ है, क्योंकि वह सब प्राणियों को वश में कर लेता है। किंतु, कुछ का विचार था कि मनुष्य तो कुत्तों से भी नीचा है, क्योंकि कुत्तों का संयम मनुष्य से कई गुना श्रेष्ठ होता है। इस विवाद में हुसैन भी उपस्थित थे। दोनों पक्ष वालों ने उनसे निर्णायक मत देने को कहा। हुसैन ने कहा था: "मैं अपनी बात कहता हूं। उसी से निर्णय कर लेना। जब तक मैं अपना चित्त और जीवन पवित्र कामों में लगाये

रहता हूं तब तक देवताओं के करीब होता हूं। किंतु, जब मेरा चित्त और जीवन पापमय होता है, तो कुत्ते भी मुझ जैसे हजार हुसैनों से श्रेष्ठ होते हैं।"

मनुष्य मृण्मय और चिन्मय का जोड़ है। जो देह का और उसकी वासनाओं का अनुसरण करता है, वह नीचे से नीचे उतरता जाता है। और, जो चिन्मय के अनुसंधान में रत होता है, वह अंततः सच्चिदानंद को पाता और स्वयं भी वही हो जाता है।

स्वयं के भीतर जो है, उसे जानने से ही जीवन मिलता है। जो उसे नहीं जानता, वह प्रतिक्षण मृत्यु से और मृत्यु के भय से ही घिरा रहता है।

एक साधु को उसके मित्रों ने पूछा: "यदि दुष्टजन आप पर हमला कर दें, तो आप क्या करेंगे?" वह बोला: "मैं अपने मजबूत किले में जाकर बैठा रहूंगा।" यह बात उसके शत्रुओं के कान तक पहुंच गई। फिर, एक दिन शत्रुओं ने उसे एकांत में घेर लिया और कहा: "महानुभाव! बताइये वह मजबूत किला कहां है?" वह साधु खूब हंसने लगा और फिर अपने हृदय पर हाथ रखकर बोला: "यह है मेरा किला। इसके ऊपर कभी कोई हमला नहीं कर सकता है। शरीर तो नष्ट किया जा सकता है—पर जो उसके भीतर है—वह नहीं। वही मेरा किला है। मेरा उसके मार्ग को जानना ही मेरी सुरक्षा है।"

जो व्यक्ति इस मजबूत किले को नहीं जानता है, उसका पूरा जीवन असुरक्षित है। और, जो इस किले को नहीं जानता है, उसका जीवन प्रतिक्षण शत्रुओं से घिरा है। ऐसे व्यक्ति को अभी शांति और सुरक्षा के लिये कोई शरणस्थल नहीं मिला है। और, जो उस स्थल को बाहर खोजते हैं, वे व्यर्थ ही खोजते हैं, क्योंकि वह तो भीतर है।

जीवन का वास्तविक परिचय स्वयं में प्रतिष्ठित होकर ही मिलता है, क्योंकि उस बिंदु के बाहर जो परिधि है, वह मृत्यु से निर्मित है।

20

वे ही संपदाशाली हैं, जिनकी कोई आवश्यकता नहीं। इच्छाएं दरिद्र बनाती हैं। और उनसे घिरा चित्त भिखारी हो जाता है। वह निरंतर मांगता ही रहता है। समृद्ध तो केवल वे ही हैं, जिनकी कोई मांग शेष नहीं रह जाती है।

महर्षि कणाद का नाम 'कण' बीनकर गुजर करने के कारण 'कणाद' पड़ गया था। किसान जब खेत काट लेते, तो उसके बाद जो अन्न कण पड़े रह जाते थे, उन्हें ही बीनकर वे अपना जीवन चलाते थे। कौन होगा उन जैसा दरिद्र! देश के राजा को उनके कष्ट का पता चला। उसने प्रचुर धन-सामग्री लेकर अपने मंत्री को उन्हें भेंट करने भेजा। मंत्री पहुंचा तो महर्षि ने कहा: "मैं सकुशल हूं। इस धन को तुम उन्हें बांट दो, जिन्हें इसकी जरूरत है।" इस भांति तीन बार हुआ। अंततः राजा स्वयं इस फकीर को देखने गया। बहुत धन वह अपने साथ ले गया था। महर्षि से उसे स्वीकार करने की उसने प्रार्थना की। किंतु वे बोले: "उन्हें दे दो, जिनके पास कुछ भी नहीं। देखो, मेरे पास तो सब-कुछ है।" राजा ने देखा। जिसके शरीर पर एक लंगोटी मात्र है, वह कह रहा है कि उसके पास तो सब-कुछ है! लौटकर सारी कथा उसने अपनी रानी को कही। रानी बोली: "आपने भूल की है। साधु के पास उसे कुछ देने नहीं, वरन उससे कुछ लेने जाना चाहिए। जिनके पास भीतर कुछ है, वे ही बाहर का सब-कुछ छोड़ने में समर्थ होते हैं।" राजा उसी रात महर्षि के पास गया। उसने क्षमा मांगी। कणाद ने उससे कहा: "देखो गरीब कौन है। मुझे देखो और स्वयं को देखो—बाहर नहीं, भीतर। मैं कुछ भी नहीं मांगता हूं, कुछ भी नहीं चाहता हूं, और इसलिए अनायास ही सम्राट हो गया हूं।"

एक संपदा बाहर है, और एक भीतर भी। जो बाहर है, वह आज नहीं कल छिन ही जाती है। इसलिए जो जानते हैं, वे उसे संपदा नहीं, विपदा मानते हैं। उनकी खोज उसके लिए होती है, जो कि भीतर है। वह मिलती है, तो खोती नहीं। उसे पा लेना जीत है। क्योंकि, शेष सब पा लेने पर भी और पाने आश की बनी रहती है। लेकिन, उसे पाने पर फिर कुछ और पाने को नहीं रह जाता है।

21

ईश्वर को जो किसी विषय या वस्तु की भांति खोजते हैं, वे ना-समझ हैं। वह वस्तु नहीं है। वह तो आलोक और आनंद और अमृत की चरम अनुभूति का नाम है। वह व्यक्ति भी नहीं है कि उसे कहीं बाहर पाया जा सके। वह तो स्वयं की चेतना का ही आत्यंतिक परिष्कार है।

एक फकीर से किसी ने पूछा: "ईश्वर है, तो दिखाई क्यों नहीं देता?" उस फकीर ने कहा: "ईश्वर कोई वस्तु नहीं है, वह तो अनुभूति है। उसे देखने का कोई उपाय नहीं; हां, अनुभव करने का अवश्य है।" किंतु, वह जिज्ञासु संतुष्ट नहीं दिखाई दिया। उसकी आंखों में प्रश्न वैसा का वैसा ही खड़ा था। तब, उस फकीर ने पास में ही पड़ा एक बड़ा पत्थर उठाया और अपने पैर पर पटक लिया। उसके पैर को गहरी चोट पहुंची और उससे रक्त-धार बहने लगी। वह व्यक्ति बोला: "यह आपने क्या किया? इससे तो बहुत पीड़ा होगी? यह कैसा पागलपन है?" वह फकीर हंसने लगा और

बोला: "पीड़ा दीखती नहीं, फिर भी है। प्रेम दीखता नहीं, फिर भी होता है। ऐसा ही ईश्वर भी है।"

जीवन में जो दिखायी पड़ता है, उसकी ही नहीं— उसकी भी सत्ता है, जो कि दिखाई नहीं पड़ता है। और, दृश्य से उस अदृश्य की सत्ता बहुत गहरी है, क्योंकि उसे अनुभव करने को स्वयं के प्राणों की गहराई में उतरना आवश्यक होता है। तभी वह ग्रहणशीलता उपलब्ध होती है, जो कि उसे स्पर्श और प्रत्यक्ष कर सके। साधारण आंखें नहीं, उसे जानने को तो अनुभूति की गहरी संवेदनशीलता पानी होती है। तभी उसका आविष्कार होता है। और तभी, ज्ञात होता है कि वह बाहर नहीं है कि उसे देखा जा सकता, वह तो भीतर है, वह तो देखने वाले में ही छुपा है।

ईश्वर को खोजना नहीं, खोदना होता है। स्वयं में ही जो खोदते चले जाते हैं, वे अंततः उसे अपनी ही सत्ता के मूल-स्रोत और चरम विकास की भांति अनुभव करते हैं।

स्मरण रहे कि मैं मूर्च्छा को ही पाप कहता हूं। अमूर्च्छित चित्त-दशा में पाप वैसे ही असंभव है, जैसे कि जानते और जागते हुए अग्नि में हाथ डालना। जो अमूर्च्छा को साध लेता है, वह सहज ही धर्म को उपलब्ध हो जाता है।

संत भीखण के जीवन की घटना है। वे एक रात्रि प्रवचन करते थे। आसोजी नाम का एक श्रावक सामने बैठा नींद ले रहा था। भीखण ने उससे पूछा: "आसोजी! नींद लेते हो?" आसोजी ने आंखें खोलीं, कहा: "नहीं, महाराज।" थोड़ी देर, और फिर नींद वापस लौट आई। भीखणजी ने फिर पूछा: "आसोजी! सोते हो?" फिर मिला वही उत्तर: "नहीं महाराज।" नींद में डूबा आदमी सच कब बोलता है। और, बोलना भी चाहे तो बोल कैसे सकता है! नींद फिर से आ गई। इस बार भीखण ने जो पूछा वह अदभुत था। बहुत उसमें अर्थ है। प्रत्येक को स्वयं से पूछने योग्य वह प्रश्न है। वह अकेला प्रश्न ही बस, सारे तत्त्व-चिंतन का केंद्र और मूल है। उन्होंने जोर से पूछा: "आसोजी! जीते हो?" आसोजी तो सोते थे। निद्रा में सोचा कि वही पुराना प्रश्न है। फिर, नींद में "जीते हो", "सोते हो" जैसा ही सुनाई दिया होगा! आंखें तिलमिलाईं और बोले: "नहीं, महाराज।" भूल से सही उत्तर निकल गया। निद्रा में जो है, वह मृत ही के तुल्य है। प्रमादपूर्ण जीवन और मृत्यु में अंतर ही क्या हो सकता है? जाग्रत ही जीवित है। जब तक हम जागते नहीं हैं—विवेक और प्रज्ञा में, तब तक हम जीवित भी नहीं हैं।

जो जीवन को पाना चाहता है, उसे अपनी निद्रा और मूर्च्छा छोड़नी होगी। साधारणतः हम सोये ही हुए हैं। और,

हमारे भाव, विचार और कर्म सभी मूर्च्छित हैं। हम उन्हें ऐसे कर रहे हैं, जैसे कि कोई और हमसे कराता हो और जैसे कि हम किसी गहरे सम्मोहन में उन्हें कर रहे हों। जागने का अर्थ है कि मन और काया से कुछ भी मूर्च्छित न हो—जो भी हो, वह पूरी जागरूकता और सजगता में हो। ऐसा होने पर अशुभ असंभव हो जाता है और शुभ सहज ही फलित होता है।

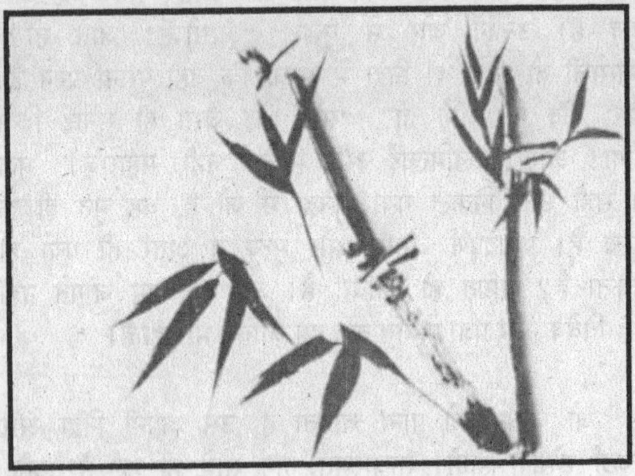

सुबह आती है, तो मैं सुबह को स्वीकार कर लेता हूं और सांझ आती है, तो सांझ को। प्रकाश का भी आनंद है और अंधकार का भी। जब से यह जाना, तब से दुख नहीं जाना है।

किसी आश्रम से एक साधु बाहर गया था। लौटा तो उसे ज्ञात हुआ कि उसका एकमात्र पुत्र मर गया है और उसकी शवयात्रा अभी राह में ही होगी। वह दुख में पागल हो गया। उसे खबर क्यों नहीं की गई? वह आवेश में अंधा दौड़ा हुआ श्मशान की ओर चला। शव मार्ग में ही था। उसके गुरु शव के पास ही चल रहे थे। उसने दौड़कर उन्हें पकड़ लिया। दुख में वह मूर्च्छित-सा हो गया था। फिर अपने गुरु से उसने प्रार्थना की: "दो शब्द सांत्वना के कहें। मैं पागल हुआ जा रहा हूं।" गुरु ने कहा: "शब्द क्यों, सत्य ही जानो। उससे बड़ी कोई सांत्वना नहीं।" और, उन्होंने शव पेटिका के ढक्कन को खोला और उससे कहा: "देखो—'जो है', उसे देखो।" उसने देखा। उसके आंसू थम गए। सामने मृत देह थी। वह देखता रहा और एक अंतर्दृष्टि का उसके भीतर जन्म हो गया। जो है—है, उसमें रोना-हंसना क्या? जीवन एक सत्य है, तो मृत्यु भी एक सत्य है। जो है—है। उससे अन्यथा चाहने से ही दुख पैदा होता है।

एक समय मैं बहुत बीमार था। चिकित्सक भयभीत थे और प्रियजनों की आंखों में विषाद छा गया था। और, मुझे बहुत हंसी आ रही थी, मैं मृत्यु को जानने को उत्सुक था। मृत्यु तो नहीं आई, लेकिन एक सत्य अनुभव में आ गया। जिसे भी हम स्वीकार कर लें, वही हमें पीड़ा पहुंचाने में असमर्थ हो जाता है।

24

मैं एक शवयात्रा में गया था। जो वहां थे, उनसे मैंने कहा: यदि यह शवयात्रा तुम्हें अपनी ही मालूम नहीं होती है, तो तुम अंधे हो। मैं तो स्वयं को अर्थी पर बंधा देख रहा हूं। काश! तुम भी ऐसा ही देख सको, तो तुम्हारा पूरा जीवन दूसरा हो जावे। जो स्वयं की मृत्यु को जान लेता है, उसकी दृष्टि संसार से हटकर सत्य पर केंद्रित हो जाती है।

शेखसादी ने लिखा है: "बहुत दिन बीते दजला के किनारे एक मुरदे की खोपड़ी ने कुछ बातें एक राहगीर से कही थीं। वह बोली थी: 'ओ! प्यारे, जरा होश से चल। मैं भी कभी शाही दबदबा रखती थी और मेरे ऊपर ताज था। फतह मेरे पीछे-पीछे चली और मेरे पैर जमीन पर न पड़ते थे। होश ही न था कि एक दिन सब समाप्त हो गया। कीड़े मुझे खा गये हैं और हर पैर मुझे ठोकर मार जाता है। तू भी अपने कानों से गफलत की रुई निकाल डाल, ताकि तुझे मुरदों की आवाज से उठनेवाली नसीहत हासिल हो सके।'"

मुरदों की आवाज से उठने वाली नसीहत क्या है? और, क्या कभी हम उसे सुनते हैं! जो उसे सुन लेता है, उसका जीवन ही बदल जाता है।

जन्म के साथ मृत्यु जुड़ी है। उन दोनों के बीच जो है, वह जीवन नहीं, जीवन का आभास ही है। जीवन वह कैसे होगा, क्योंकि जीवन की मृत्यु नहीं हो सकती है! जन्म का अंत है, जीवन का नहीं। और, मृत्यु का प्रारंभ है, जीवन का नहीं। जीवन तो उन दोनों से पार है। जो उसे नहीं जानते हैं, वे जीवित होकर भी जीवित नहीं हैं। और, जो उसे जान लेते हैं, वे मर कर भी नहीं मरते।

25

मंदिरों और उपासनागृहों में बैठने का कोई मूल्य नहीं है और तुम्हारे हाथों में ली गई मालाएं झूठी हैं, जब तक कि विचार के यांत्रिक प्रवाह से तुम मुक्ति नहीं होते हो। जो विचार की तरंगों से मुक्त हो जाता है, वह जहां भी है, वहीं मंदिर में है और उसके हाथ में जो भी कार्य है, वही माला है।

एक व्यक्ति ने किसी साधु से कहा था: "मेरी पत्नी मेरी धर्म-साधना में श्रद्धा नहीं रखती है। आप उसे थोड़ा समझा दें तो अच्छा है।" दूसरे दिन सुबह ही वह साधु उसके घर गया। घर के बाहर बगिया में ही उसकी पत्नी मिल गई। साधु ने पति के संबंध में पूछा। पत्नी ने कहा: "जहां तक मैं समझती हूं, इस समय वे किसी चमार की दुकान पर झगड़ा कर रहे हैं।" सुबह का धुंधलका था। पति पास ही बनाये गये अपने उपासनागृह में माला फेर रहा था। उससे इस झूठ को नहीं सहा गया। वह बाहर आकर बोला: "यह बिलकुल असत्य है। मैं अपने मंदिर में था।" साधु भी हैरान हुआ; पर पत्नी बोली: "क्या सच ही तुम उपासनागृह में थे? क्या माला हाथ में, शरीर मंदिर में और मन कहीं और नहीं था?" पति को होश आया। सच ही वह माला फेरते-फेरते चमार की दुकान में चला गया था। उसे जूते खरीदने थे और रात्रि ही उसने अपनी पत्नी को कहा था कि सुबह होते ही उन्हें खरीदने चला जाऊंगा। फिर विचार में ही चमार से मोल-तोल पर उसका कुछ झगड़ा हो रहा था!

विचार को छोड़ो और निर्विचार हो रहो, तो तुम जहां हो प्रभु का आगमन वहीं हो जाता है। उसे खोजने तुम कहां जाओगे? और जिसे जानते ही नहीं उसे खोजोगे कैसे?

उसकी खोज से नहीं, स्वयं के भीतर शांति के निर्माण से ही उसे पाया जाता है। कोई आज तक उसके पास नहीं गया है, वरन जो अपनी पात्रता से उसे आमंत्रित करता है, उसके पास वह स्वयं ही चला आता है। मंदिर में जाना व्यर्थ है। जो जानते हैं, वे स्वयं ही मंदिर बन जाते हैं।

26

"मैं कौन हूं?" जो स्वयं से इस प्रश्न को नहीं पूछता है, ज्ञान के द्वार उसके लिये बंद ही रह जाते हैं। उस द्वार को खोलने की कुंजी यही है। स्वयं से पूछो कि "मैं कौन हूं?" और, जो प्रबलता से और समग्रता से पूछता है, वह स्वयं से ही उत्तर भी पा जाता है।

कारलाइल बूढ़ा हो गया था। उसका शरीर अस्सी वसंत देख चुका था। और जो देह कभी अति सुंदर और स्वस्थ थी, वह अब जर्जर और ढीली हो गई थी: जीवन संध्या के लक्षण प्रकट होने लगे थे। ऐसे बुढ़ापे की एक सुबह की घटना है। कारलाइल स्नानगृह में था। स्नान के बाद वह जैसे ही शरीर को पोंछने लगा, उसने अचानक देखा कि वह देह तो कब की जा चुकी है, जिसे कि वह अपनी मान बैठा था! शरीर तो बिलकुल ही बदल गया है। वह काया अब कहां है, जिसे उसने प्रेम किया था? जिस पर उसने गौरव किया था, उसकी जगह यह खंडहर ही तो शेष रह गया है? पर, साथ ही एक अत्यंत अभिनव-बोध भी उसके भीतर अकुंडलित होने लगा: "शरीर तो वही नहीं है, लेकिन वह तो वही है। वह तो नहीं बदला है।" और तब उसने स्वयं से ही पूछा था: "आह! तब फ़िर मैं कौन हूं? (What the devil am I?)" यही प्रश्न प्रत्येक को अपने से पूछना होता है। यही असली प्रश्न है। प्रश्नों का प्रश्न यही है। जो इसे नहीं पूछते, वे कुछ भी नहीं पूछते हैं। और जो पूछते ही नहीं, वे उत्तर कैसे पा सकेंगे?

पूछो—अपने अंतरतम की गहराइयों में इस प्रश्न को गूंजने दो: "मैं कौन हूँ?" जब प्राणों की पूरी शक्ति से कोई पूछता है, तो उसे अवश्य ही उत्तर उपलब्ध होता है। और,

वह उत्तर जीवन की सारी दिशा और अर्थ को परिवर्तित कर देता है। उसके पूर्व मनुष्य अंधा है। उसके बाद ही वह आंखों को पाता है।

27

सत्य की एक किरण भी बहुत है। ग्रंथों का भार जो नहीं करता है, सत्य की एक झलक भी वह कर दिखाती है। अंधेरे में उजाला करने को प्रकाश के ऊपर बड़े-बड़े शास्त्र किसी काम के नहीं, एक मिट्टी का दीया जलाना आना ही पर्याप्त है।

राल्फ वाल्डे इमर्सन के व्याख्यानों में एक बूढ़ी धोबिन निरंतर देखी जाती थी। लोगों को हैरानी हुई: एक अपढ़ गरीब औरत इमर्सन की गंभीर वार्ताओं को क्या समझती होगी। किसी ने आखिर उससे पूछा ही लिया कि उसकी समझ में क्या आता है? उस बूढ़ी धोबिन ने जो उत्तर दिया, वह अदभुत था। उसने कहा: "मैं जो नहीं समझती, उसे तो क्या बताऊं। लेकिन, एक बात मैं खूब समझ गई हूं और पता नहीं कि दूसरे उसे समझे हैं या नहीं। मैं तो अपढ़ हूं और मेरे लिये वह एक ही बात काफी है। उस बात ने तो मेरा सारा जीवन ही बदल दिया है। और वह बात क्या है? वह है कि मैं भी प्रभु से दूर नहीं हूं, एक दरिद्र अज्ञानी स्त्री से भी प्रभु दूर नहीं है। प्रभु निकट है—निकट ही नहीं, स्वयं में है। यह छोटा-सा सत्य मेरी दृष्टि में आ गया है और अब मैं नहीं समझती कि इससे भी बड़ा कोई और सत्य हो सकता है!"

जीवन बहुत तथ्य जानने से नहीं, किंतु सत्य की एक छोटी-सी अनुभूति से ही परिवर्तित हो जाता है। और, जो बहुत जानने में लगे रहते हैं, वे अकसर सत्य की उस छोटी-सी चिनगारी से वंचित ही रह जाते हैं, जो कि परिवर्तन लाती है और जीवन में बोध के नये आयाम जिससे उदघटित होते हैं।

मैंने सुना है कि क्राइस्ट ने लोगों को कब्रों से उठाया और उन्हें जीवन दिया। जो स्वयं को शरीर ही जानता है, वह कब्र में ही है। शरीर के ऊपर आत्मा को जानकर ही कोई कब्र से उठता और जीवित होता है।

मिश्र के किसी प्राचीन आश्रम में किसी साधु की मृत्यु हो गई थी। उसे भूमि-गर्भ में निर्मित विशाल मुर्दा-घर में उतार दिया गया। लेकिन सौभाग्य या दुर्भाग्य से वह मरा नहीं और कुछ समय बाद मृतकों की उस बस्ती में होश में आ गया। उसकी मानसिक पीड़ा और संताप की कल्पना करना भी कठिन है। उस दुर्गंध और मृत्यु से भरी अंधेरी बस्ती में, जहां सैकड़ों मुरदे सड़ रहे थे, वह जीवित था! बाहर पहुंचने का कोई मार्ग नहीं, आवाज बाहर पहुंच सके, इस तक की कोई संभावना नहीं। उसने क्या किया होगा? क्या वह भूखा और प्यासा मर गया? क्या उसने उस मृत-जीवन का मोह छोड़कर स्वयं को बचाने की कोई कोशिश नहीं की? नहीं, मित्र, जीवनासक्ति बहुत गहरी और घनी है। वह साधु वहीं जीने लगा। कीड़े-मकोड़े उसका भोजन बन गये। मृत्यु-गृह की दीवारों से चूता गंदा पानी वह पी लेता और कीड़ों पर निर्वाह करता। मुरदों के कपड़े निकालकर उसने अपने सोने और पहनने की व्यवस्था कर ली थी। और, वह निरंतर अपने किसी साथी की मृत्यु के लिये प्रार्थना करता रहता। क्योंकि, किसी के मरने पर ही उस अंध-गृह के द्वार खुल सकते थे। वर्ष पर वर्ष बीते। उसे तो समय का भी पता नहीं पड़ता था। फिर, एक दिन कोई मरा, तो द्वार खुले और लोगों ने उसे जीवित पाया। उसकी दाढ़ी सफेद हो गई थी और जमीन को छूती थी। और जब लोग उसे बाहर निकाल रहे थे,

तब वह मुरदों से उतारे गये कपड़े और उनके कपड़ों में से इकट्ठे किये गये रुपये-पैसे साथ ले लेना नहीं भूला था!

यह अतीत में घटी कोई घटना है या कि स्वयं हमारे जीवन का प्रतिबिंब? क्या यह घटना हम सबके जीवन में अभी और यहीं नहीं घट रही है? मैं देखता हूं, तो पाता हूं कि हममें से प्रत्येक एक दूसरे की मृत्यु के लिए प्रार्थना कर रहा है। और, हम सब मुरदों की बस्ती में हैं, जहां से बाहर निकलने के लिये कोई द्वार नहीं मालूम होता है। और, हम भी दूसरे मुरदों के कपड़े और पैसे छीन रहे हैं। और, हमारा निर्वाह भी कीड़े-मकोड़ों पर ही है। और, यह सब हो रहा है, अंधी जीवनासक्ति—जीवेषणा के कारण।

अंध-जीवेषणा से परिचालित व्यक्ति वास्तविक जीवन को अनुभव नहीं कर पाता। उसकी धुंध से जो मुक्त होता है, वही जीवन को जानता है। उससे प्रभावित चेतना कब्र में ही है, ऐसा ही जानना।

29

फूलों को सारा जगत फूल है और कांटों को कांटा। जो जैसा है, वैसे ही दूसरे उसे प्रतीत होते हैं। जो स्वयं में नहीं है, उसे दूसरों में देख पाना कैसे संभव है। सुंदर को खोजने, चाहे हम सारी भूमि पर भटक लें, पर यदि वह स्वयं के ही भीतर नहीं है, तो उसे कहीं भी पाना असंभव है।

एक अजनबी किसी गांव में पहुंचा। उसने उस गांव के प्रवेश द्वार पर बैठे एक वृद्ध से पूछा: "क्या इस गांव के लोग अच्छे और मैत्रीपूर्ण हैं?" उस वृद्ध ने सीधे उत्तर देने की बजाय स्वयं ही उस अजनबी से प्रश्न किया: "मित्र, जहां से तुम आते हो वहां के लोग कैसे हैं?" अजनबी दुखी और क्रुद्ध होकर बोला: "अत्यंत क्रूर, दुष्ट और अन्यायी। मेरी सारी विपदाओं के लिये उनके अतिरिक्त और कोई जिम्मेवार नहीं। लेकिन आप यह क्यों पूछ रहे हैं?" वृद्ध थोड़ी देर चुप रहा और बोला: "मित्र, मैं दुखी हूं। यहां के लोग भी वैसे ही

हैं। तुम उन्हें भी वैसा ही पाओगे।"

वह व्यक्ति जो भी नहीं पाया था कि एक दूसरे राहगीर ने उस वृद्ध से आकर पुनः वही बात पूछी: "यहां के लोग कैसे हैं?" वह वृद्ध बोला: "मित्र, क्या पहले तुम बता सकोगे कि जहां से आते हो, वहां के लोग कैसे हैं?" इस प्रश्न को सुन यह व्यक्ति आनंदपूर्ण स्मृतियों से भर गया। और, उसकी आंखें खुशी के आंसुओं से गीली हो गईं। वह बोलने लगा: "आह, बहुत प्रेमपूर्ण और बहुत दयालु, मेरी सारी खुशियों के कारण वे ही थे। काश, मुझे उन्हें कभी भी न छोड़ना पड़ता !" वह वृद्ध बोला: "मित्र, यहां के लोग भी बहुत प्रेमपूर्ण हैं, इन्हें तुम उनसे कम दयालु नहीं पाओगे, ये भी उन जैसे ही हैं। मनुष्य-मनुष्य में बहुत भेद नहीं है।"

संसार दर्पण है। हम दूसरों में जो देखते हैं, वह अपनी ही प्रतिक्रिया होती है। जब तक सभी में शिव और सुंदर के दर्शन न होने लगें, तब तक जानना चाहिये कि स्वयं में ही कोई खोट शेष रह गई है।

30

जीवन से अंधकार हटाना व्यर्थ है, क्योंकि अंधकार हटाया ही नहीं जा सकता। जो जानते हैं, वे अंधकार को नहीं हटाते, वरन प्रकाश को जलाते हैं।

एक प्राचीन लोककथा है—उस समय की, जबकि मनुष्य के पास प्रकाश नहीं था, अग्नि नहीं थी। रात्रि तब बहुत पीड़ा थी। लोगों ने अंधकार को दूर करने के बहुत उपाय सोचे, पर कोई भी कारगर न हुआ। किसी ने कहा मंत्र पढ़ो, तो मंत्र पढ़े गये। और किसी ने सुझाया कि प्रार्थना करो, तो कोरे आकाश की ओर हाथ उठाकर प्रार्थनाएं की गईं। पर अंधेरा न गया, सो न गया। किसी युवा चिंतक और आविष्कारक ने अंततः कहाः "हम अंधकार को टोकरियों में भर-भर कर गड्ढों में डाल दें। ऐसा करने से धीरे-धीरे अंधकार क्षीण होगा। और फिर उसका अंत भी आ सकता है।" यह बात बहुत युक्तिपूर्ण मालूम हुई और लोग रात-रात भर अंधेरे को टोकरियों में भर-भरकर गड्ढो में डालते, पर जब देखते तो पाते कि वहां तो कुछ भी नहीं है। ऐसे-ऐसे लोग बहुत ऊब गये। लेकिन, अंधकार को फेंकने ने एक

प्रथा का रूप ले लिया और हर व्यक्ति प्रति रात्रि कम से कम एक टोकरी अंधेरा तो जरूर ही फेंक आता था! फिर, एक युवक किसी अप्सरा के प्रेम में पड़ गया और उसका विवाह उस अप्सरा से हुआ। पहली ही रात बहू से घर के बूढ़े सयानों ने अंधेरे की एक टोकरी घाटी में फेंक आने को कहा। वह अप्सरा यह सुन बहुत हंसने लगी। उसने किसी सफेद पदार्थ की बत्ती बनाई, एक मिट्टी के कटोरे में घी रखा और फिर किन्हीं दो पत्थरों को टकराया। लोग चकित देखते रहे—आग पैदा हो गई थी, दीया जल रहा था और अंधेरा दूर हट गया था। उस दिन से फिर लोगों ने अंधेरा फेंकना छोड़ दिया, क्योंकि वे दीया जलाना सीख गये थे। लेकिन जीवन के संबंध में हममें से अधिक, अभी भी दीया जलाना नहीं जानते हैं। और, अंधकार से लड़ने में ही उस अवसर को गंवा देते हैं, जो कि अलौकिक प्रकाश में परिणित हो सकता था।

प्रभु को पाने की आकांक्षा से भरो, तो पाप अपने से छूट जाते हैं। और, जो पापों से ही लड़ते रहते हैं, वे उनमें ही और गहरे धंसते जाते हैं। जीवन को विधायक आरोहण दो, निषेधात्मक पलायन नहीं। सफलता का स्वर्ण सूत्र यही है।

सूर्य की ओर जैसे कोई आंखें बंद किये रहे, ऐसे ही हम जीवन की ओर किये हैं। और तब हमारे चरणों का गड्ढों में चले जाना क्या आश्चर्यजनक है? आंखें बंद रखने के अतिरिक्त ने कोई पाप है, ने अपराध है। आंखें खोलते ही सब अंधकार विलीन हो जाता है।

एक साधु का स्मरण आता है। उसे बहुत यातनाएं दी गईं, किंतु उसकी शांति को नहीं तोड़ा जा सका था। और उसे बहुत कष्ट दिये गये थे, लेकिन उसकी आनंदमुद्रा नष्ट नहीं की जा सकी थी। यातनाओं के बीच भी वह प्रसन्न था और गालियों के उत्तर में उसकी वाणी मिठास से भरी थी। किसी ने उससे पूछा: "आप में इतनी अलौकिक शक्ति कैसे आई?" वह बोला: "अलौकिक? कहां? इसमें तो अलौकिक कुछ भी नहीं है। बस, मैंने अपनी आंखों को उपयोग करना सीख लिया है।" उसने कहा: "मैं आंखें होते अंधा नहीं हूं।" लेकिन, आंखों से शांति का और साधुता का और सहनशीलता का क्या संबंध? जिससे ये शब्द कहे गये थे, वह नहीं समझ सका था। उसे समझाने के लिये साधु ने पुनः कहा था: "मैं ऊपर आकाश की ओर देखता हूं, तो पाता हूं कि यह पृथ्वी का जीवन अत्यंत क्षणिक और स्वप्नवत है। और, स्वप्न में किया हुआ लोगों का व्यवहार मुझे कैसे छू सकता है? और अपने भीतर देखता हूं, तो उसे पाता हूं जो कि अविनश्वर है—उसका तो कोई भी कुछ भी बिगाड़ने में समर्थ नहीं है! और, जब मैं अपने चारों ओर देखता हूं, तो पाता हूं कि कितने हृदय हैं, जो मुझ पर दया करते और प्रेम करते हैं, जबकि उनके प्रेम को पाने की पात्रता भी मुझमें नहीं। यह देख मन में अत्यंत आनंद और कृतज्ञता

का बोध होता है। और, अपने पीछे देखता हूं तो कितने ही प्राणियों को इतने दुख और पीड़ा में पाता हूं कि मेरा हृदय करुणा और प्रेम से भर आता है। इस भांति मैं शांत हूं और कृतज्ञ हूं, आनंदित हूं और प्रेम से भर गया हूं। मैंने अपनी आंखों का उपयोग सीख लिया है। मित्र, मैं अंधा नहीं हूं।"

और, अंधा न होना कितनी बड़ी शक्ति है? आंखों का उपयोग ही साधुता है। वही धर्म है।

आंखें सत्य को देखने के लिये हैं। जागो—और देखो। जो आंखें होते हुए भी उन्हें बंद किये है, वह स्वयं ही अपना दुर्भाग्य बोता है।

32

सत्य की ओर जीवन क्रांति अत्यंत द्रुत गति से होती है—सत्य की अंतर्दृष्टि भर हो, तो धीरे-धीरे नहीं, किंतु युगपत परिवर्तन घटित होते हैं। जहां स्वयं-बोध नहीं होता है, वहीं क्रम है, अन्यथा अक्रम में और छलांग में ही—विद्युत की चमक की भांति ही जीवन बदल जाता है।

कुछ लोग एक व्यक्ति को मेरे पास लाए थे। उन्हें कोई दुर्गुण पकड़ गया था। उनके प्रियजन चाहते थे कि वे उसे छोड़ दें। उस दुर्गुण के कारण उनका पूरा जीवन ही नष्ट हुआ जा रहा था। मैंने उनसे पूछा कि क्या विचार है? वे बोले: "मैं धीरे-धीरे उसका त्याग कर दूंगा।" यह सुन मैं हंसने लगा था और उनसे कहा था: "धीरे-धीरे त्याग का कोई अर्थ नहीं होता है। कोई मनुष्य आग में गिर पड़ा हो, तो क्या वह उसमें से धीरे-धीरे निकलेगा? और यदि वह कहे कि मैं धीरे-धीरे निकलने का प्रयास करूंगा, तो इसका क्या अर्थ

होगा? क्या इसका स्पष्ट अर्थ नहीं होगा कि उसे स्वयं आग नहीं दिखाई पड़ रही है?"

फिर मैंने उनसे एक कहानी कही। परमहंस रामकृष्ण की सत्संगति से एक धनाढ्य युवक बहुत प्रभावित था। वह एक दिन परमहंस देव के पास एक हजार स्वर्ण मुद्राएं भेंट करने लाया। रामकृष्ण ने उससे कहा: "इस कचरे को गंगा को भेंट कर आओ।" अब वह क्या करे? उसे जाकर वे मुद्राएं गंगा को भेंट करनी पड़ीं। लेकिन वह बहुत देर से वापस लौटा, क्योंकि उसने एक-एक मुद्रा गिनकर गंगा में फेंकी। एक—दो—तीन—हजार—स्वभावतः बहुत देर उसे लगी। उसकी यह दशा सुनकर रामकृष्ण ने उससे कहा था; "जिस जगह तू एक कदम उठाकर पहुंच सकता था, वहां पहुंचने के लिये तूने व्यर्थ ही हजार कदम उठाये।"

सत्य को जानो और अनुभव करो, तो किसी भी बात का त्याग धीरे-धीरे नहीं करना होता है। सत्य की अनुभूति ही त्याग बन जाती है। अज्ञान जहां हजार कदमों में नहीं पहुंचता, ज्ञान वहां एक ही कदम में पहुंच जाता है।

33

जो स्वयं को खोकर सब-कुछ भी पा ले, उसने बहुत महंगा सौदा किया है वह हीरे देकर कंकड़ बीन लाया है। उससे तो वही व्यक्ति समझदार है, जो कि सब-कुछ खोकर भी स्वयं को बचा लेता है।

एक बार किसी धनवान के महल में आग लग गई थी। उसने अपने सेवकों से बड़ी सावधानी से घर का सारा सामान निकलवाया। कुर्सियां, मेजें, कपड़े की संदूकें, खाते बहियां, तिजोरियां और सब कुछ। इस बीच आग चारों ओर फैलती गई। घर का मालिक बाहर आकर सब लोगों के साथ खड़ा हो गया था। उसकी आंखों में आंसू थे और किंकर्तव्यविमूढ़ वह अपने प्यारे भवन को अग्निसात होते देख रहा था। अंततः उसने लोगों से पूछा: "भीतर कुछ रह तो नहीं गया?" वे बोले: "नहीं, फिर भी हम एक बार और जाकर देख आते हैं।" उन्होंने भीतर जाकर देखा, तो मालिक का

एकमात्र पुत्र कोठरी में पड़ा देखा। कोठरी करीब-करीब जल गई थी और पुत्र मृत था। वे घबड़ाकर बाहर आये और छाती पीट-पीटकर रोने चिल्लाने लगे: "हाय! हम अभागे घर का सामान बचाने में लग गये, किंतु सामान के मालिक को बचाया ही नहीं। सामान तो बचा लिया है, लेकिन मालिक को खो दिया है।"

क्या यह घटना हम सबके संबंध में भी सत्य नहीं है। और क्या किसी दिन हमें भी यह नहीं कहना पड़ेगा कि हम अभागे न मालूम क्या-क्या व्यर्थ का सामान बचाते रहे और उस सबके मालिक को स्वयं अपने आप को खो बैठे? मनुष्य के जीवन में इससे बड़ी कोई दुर्घटना नहीं होती है। लेकिन, बहुत कम ऐसे भाग्यशाली हैं, जो इससे बच पाते हैं।

एक बात स्मरण रखना कि स्वयं की सत्ता से ऊपर और कुछ नहीं है। जो उसे पा लेता है, वह सब पा लेता है। और, जो उसे खोता है, उसके कुछ भी पा लेने का कोई मूल्य नहीं है।

34

जीवन का आनंद, जीने वाले की दृष्टि में होता है। वह आप में है। वह आपके अनुरूप होता है। क्या आपको मिलता है—उसमें नहीं, कैसे आप उसे लेते हैं—उसमें ही वह छिपा है।

मैंने सुना है। कहीं मंदिर बन रहा था। तीन श्रमिक धूप में बैठे पत्थर तोड़ रहे थे। एक राहगीर ने उनसे पूछा: "क्या कर रहे हैं?"

एक से पूछा। वह बोला: "पत्थर तोड़ रहा हूं।" उसने गलत नहीं कहा था। लेकिन, उसके कहने में दुख था और बोझ था। निश्चय ही पत्थर तोड़ना आनंद की बात कैसे हो सकती है? वह उत्तर देकर फिर उदास मन से पत्थर तोड़ने लगा था।

दूसरे से पूछा। वह बोला: "आजीविका कमा रहा हूं।" उसने जो कहा, वह भी ठीक था। वह दुखी नहीं दिख रहा था, लेकिन आनंद का कोई भाव उसकी आंखों में नहीं था। निश्चय ही आजीविका कमाना भी एक काम ही है, आनंद

वह कैसे हो सकता है?

तीसरे से पूछा। वह गीत गा रहा था। उसने गीत को बीच में रोककर कहा: "मैं मंदिर बना रहा हूं।" उसकी आंखों में चमक थी और हृदय में गीत था। निश्चय ही मंदिर बनाना कितना सौभाग्यपूर्ण है! और, सृजन से बड़ा आनंद और क्या है?

मैं सोचता हूं कि जीवन के प्रति भी ये तीन उत्तर हो सकते हैं। आप कौन-सा चुनते हैं, वह आप पर ही निर्भर है। और, जो आप चुनेंगे, उस पर ही आपके जीवन का अर्थ और अभिप्राय निर्भर होगा। जीवन तो वही है, पर दृष्टि भिन्न होने से सब-कुछ बदल जाता है। दृष्टि भिन्न होने से फूल काटें हो जाते हैं और कांटे फूल बन जाते हैं।

आनंद तो हर जगह है, पर उसे अनुभव कर सकें, ऐसा हृदय सबके पास नहीं है। और, कभी किसी को आनंद नहीं मिला है, जब तक कि उसने उसे अनुभव करने के लिये अपने हृदय को तैयार न कर लिया हो। विशेष स्थिति और स्थान नहीं—वरन जो आनंद अनुभव करने की भावदशा को पा लेता है, उसे हर स्थिति और स्थान में ही आनंद मिल जाता है।

35

इस जगत में कौन है, जो शांति नहीं चाहता? लेकिन, न लोगों को इसका बोध है और न वे उन बातों को चाहते हैं, जिनसे कि शांति मिलती है। अंतरात्मा शांति चाहती है, लेकिन हम जो करते हैं, उसमें अशांति ही बढ़ती है। स्मरण रहे कि महत्वाकांक्षा अशांति का मूल है। जिसे शांति चाहनी है, उसे महत्वाकांक्षा छोड़ देनी पड़ती है। शांति का प्रारंभ वहां से है, जहां कि महत्वाकांक्षा अंत होती है।

जोशुआ लीबमेन ने लिखा है: "मैं जब युवा था, तब जीवन में क्या पाना है, इसके बहुत से स्वप्न देखता था। फिर एक दिन मैंने सूची बनाई थी—उन सब तत्वों को पाने की, जिन्हें पाकर व्यक्ति धन्यता को उपलब्ध होता है। स्वास्थ्य, सौंदर्य, सुयश, शक्ति, संपत्ति—उस सूची में सब कुछ था। उस सूची को लेकर मैं एक बुजुर्ग के पास गया और उनसे कहा कि क्या इन बातों में जीवन की सब उपलब्धियां नहीं

आ जाती हैं? मेरी बातों को सुन और मेरी सूची को देख उन वृद्ध की आंखों के पास हंसी इकट्ठी होने लगी थी और वे बोले थेः 'मेरे बेटे, बड़ी सुंदर सूची है। अत्यंत विचार से तुमने इसे बनाया है। लेकिन, सबसे महत्वपूर्ण बात तुम छोड़ ही गये हो, जिसके अभाव में शेष सब व्यर्थ हो जाता है। किंतु, उस तत्व के दर्शन, मात्र विचार से नहीं, अनुभव से ही होते हैं।' मैंने पूछा: 'वह क्या है?' क्योंकि मेरी दृष्टि में तो सब-कुछ ही आ गया था। उन वृद्ध ने उत्तर में मेरी पूरी सूची को बड़ी निर्ममता से काट दिया और उन सारे शब्दों की जगह उन्होंने छोटे-से तीन शब्द लिखे: 'मन की शांति (Peace of mind)।'

शांति को चाहो। लेकिन, ध्यान रहे कि उसे तुम अपने ही भीतर नहीं पाते हो, तो कहीं भी नहीं पा सकोगे। शांति कोई बाह्य वस्तु नहीं है। वह तो स्वयं का ही ऐसा निर्माण है कि हर परिस्थिति में भीतर संगीत बना रहे। अंतस के संगीतपूर्ण हो उठने का नाम ही शांति है। वह कोई रिक्त और खाली मनः स्थिति नहीं है, किंतु अत्यंत विधायक संगीत की भावदशा है।

जगत में जो भी मूल्यवान है—जीवन, प्रेम या सौंदर्य —उसका आविष्कार स्वयं ही करना होता है। उसे किसी और से पाने का कोई उपाय नहीं है।

एक अदभुत वार्ता का मुझे स्मरण आता है। दूसरे महायुद्ध के समय मरे हुए, मरणासन्न और चोट खाये हुए सैनिकों से भरी हुई किसी खाई में दो मित्रों के बीच एक बातचीत हुई थी। उनमें से एक बिलकुल मृत्यु के द्वार पर है। वह जानता है कि वह मरने को है। उसकी जीवन-ज्योति थोड़ी ही देर की और है।

वह उसके पास ही पड़े अपने मित्र से कहता है: "मित्र, सुनो। मैं जानता हूं कि तुम्हारा जीवन शुभ नहीं रहा। बहुत अपराध तुम्हारे नाम हैं और बहुत अक्षम्य भूलें। उनकी काली छाया सदा ही तुम्हें घेरे रही है। उसके कारण बहुत दुख और अपमान तुमने सहा है। लेकिन मेरे विरोध में अधिकारियों के पास कुछ भी नहीं है। मेरी किताबों में कोई दाग नहीं। तुम मेरा नाम ले लो—मेरा सैनिक नम्बर और मेरा जीवन भी। और मैं तुम्हारा नाम और तुम्हारा जीवन ले लेता हूं। मैं तो मर रहा हूं। मैं तुम्हारे अपराधों और कालिमाओं को अपने साथ लेता जाऊं! देर न करो। यह मेरी किताब रही—कृपा करो और अपनी किताब मुझे दे दो।"

प्रेम में कहे हुए ये शब्द कितने मधुर हैं। काश, ऐसा हो सकता? लेकिन, क्या जीवन बदला जा सकता है? नाम और किताबें बदली जा सकती हैं, क्योंकि वे जीवन नहीं हैं। जीवन को किसी से कैसे बदला जायेगा? न तो कोई किसी के स्थान पर जी सकता है, और न किसी की जगह मर ही सकता है। वस्तुतः कोई भी, किसी भी भांति उस बिंदु पर नहीं

हो सकता है, जहां कि किसी और का होना है। किसी के पाप या पुण्य लेने का कोई भी मार्ग नहीं है। यह असंभव है। जीवन ऐसी वस्तु नहीं है, जिसे कि किसी से अदल-बदल किया जा सके। उसे तो स्वयं से और स्वयं ही निर्मित करना होता है।

उस दूसरे सैनिक ने अपने विदा होते मित्र को हृदय से लगाकर कहा था: "क्षमा करो। तुम्हारा नाम और किताब लेकर भी मैं तो मैं ही बना रहूंगा। मनुष्य के समक्ष में अन्य दीखूंगा, लेकिन असली सवाल तो परमात्मा के सामने है। उन आंखों के समक्ष तो बदली हुई किताबें धोखा नहीं दे सकेंगी?"

अपना जीवन प्रत्येक को वैसे ही निर्मित करना होता है, जैसे कि कोई नृत्य सीखता है। वह चित्रों या मूर्तियों के बनाने जैसा नहीं है। उसमें तो बनाने वाला और बनने वाला एक ही है। इसलिए, अपना जीवन न तो किसी को भेंट किया जा सकता है और न किसी से उधार ही पाया जा सकता है। जीवन अहस्तांतरणीय है।

37

काश! हम शांत हो सकें और भीतर गूंजते शब्दों और ध्वनियों को शून्य कर सकें, तो जीवन में जो सर्वाधिक आधारभूत है, उसके दर्शन हो सकते हैं। सत्य के दर्शन के लिये शांति के चक्षु चाहिए। उन चक्षुओं को पाये बिना जो सत्य को खोजता है, वह व्यर्थ ही खोजता है।

साधु रिंझाई एक दिन प्रवचन दे रहे थे। उन्होंने कहा: "प्रत्येक के भीतर, प्रत्येक शरीर में वह मनुष्य छिपा हुआ है, जिसका कि कोई विशेषण नहीं है—न पद है, न नाम है। वह उपाधिशून्य मनुष्य ही शरीर की खिड़कियों में से बाहर आता है। जिन्होंने यह बात आज तक नहीं देखी है, वे देखें, देखें। मित्रो! देखो! देखो! (look! look!)" यह आह्वान सुनकर एक भिक्षु बाहर आया और बोला: "यह सत्य पुरुष-कौन है? यह उपाधि-शून्य सत्ता कौन है?" रिंझाई नीचे उतरा और भिक्षुओं की भीड़ को पार कर उस भिक्षु के पास पहुंचा। सब चकित थे कि उत्तर न देकर, वह यह क्या कर रहा है? उसने जाकर जोर-से उस भिक्षु को पकड़कर कहा: "फिर से बोलो।" भिक्षु घबड़ा गया और कुछ बोल नहीं सका। रिंझाई ने कहा: "भीतर देखो। वहां जो है—मौन और शांत—वही वह सत्य पुरुष है। वही हो तुम। उसे ही पहचानो। जो उसे पहचान लेता है, उसके लिये सत्य के समस्त द्वार खुल जाते हैं।"

पूर्णिमा की रात्रि में किसी झील को देखो। यदि झील निस्तरंग हो तो चंद्रमा का प्रतिबिंब बनता है। ऐसा ही मन है। उसमें तरंगें न हों, तो सत्य प्रतिफलित होता है। जिसका मन तरंगों से ढंका है, वह अपने ही हाथों सत्य से स्वयं को दूर

किये है। सत्य तो सदा निकट है, लेकिन अपनी अशांति के कारण हम सदा उसके निकट नहीं होते हैं।

38

जीवन झाग का बुलबुला है। जो उसे ऐसा नहीं देखते, वे उसी में डूबते और नष्ट हो जाते हैं। किंतु, जो इस सत्य के प्रति सजग होते हैं, वे एक ऐसे जीवन को पा लेने का प्रारंभ करते हैं, जिसका कि कोई अंत नहीं होता है।

एक फकीर कैद कर लिया गया था। उसने कुछ ऐसी सत्य बातें कही थीं, जो कि बादशाह को अप्रिय थीं। उस फकीर के किसी मित्र ने कैदखाने में जाकर उससे कहा: "यह मुसीबत क्यों व्यर्थ मोल ले ली? न कही होतीं वे बातें, तो क्या बिगड़ता था?" फकीर ने कहा : "सत्य ही अब मुझसे बोला जाता है। असत्य का खयाल ही नहीं उठता। जब से जीवन में परमात्मा का आभास मिला, तब से सत्य के अतिरिक्त कोई विकल्प ही नहीं रहा है। फिर, यह कैद तो घड़ी भर की है! किसी ने जाकर यह बात बादशाह से कह दी। बादशाह ने कहा : "उस पागल फकीर को कह देना कि कैद घड़ी भर की नहीं, जीवन भर की है।" जब यह फकीर ने सुना तो खूब हंसने लगा और बोला: "प्यारे बादशाह को कहना कि उस पागल फकीर ने पूछा है कि क्या जिंदगी घड़ी भर से ज्यादा की है?"

सत्य-जीवन जिन्हें पाना हो, उन्हें इस तथा-कथित जीवन की सत्यता को जानना ही होगा। और, जो इसकी सत्यता को जानने का प्रयास करते हैं, वे पाते हैं कि एक स्वप्न से ज्यादा न इसकी सत्ता है और न अर्थ है।

39

मैं क्या सिखाता हूं? एक ही बात-सिखाता हूं। अपनी अंतरात्मा के अलावा और कुछ अनुकरणीय नहीं है। वहां जो आलोक का आविष्कार कर लेता है, उसका समग्र ज़ीवन आलोक हो जाता है। फिर उसे बाहर के मिट्टी के दीयों का सहारा नहीं लेना होता और दूसरों की धुआं छोड़ती मशालों के पीछे नहीं चलना पड़ता है। इनसे मुक्त होकर ही कोई व्यक्ति आत्मा के गौरव और गरिमा को उपलब्ध होता है।

एक विद्वान था। उसने बहुत अध्ययन किया था। वेदज्ञ था और सब शास्त्रों में पारंगत। अपनी बौद्धिक उपलब्धियों का उसे बहुत अहंकार था। वह सदा ही एक जलती मशाल अपने हाथ में लेकर चलता था। रात्रि हो या कि दिन यह मशाल उसके साथ ही होती थी। और जब कोई इसका कारण उससे पूछता, तो वह कहता था: "संसार अंधकारपूर्ण है। मैं इस मशाल को लेकर चलता हूं, ताकि कुछ प्रकाश तो

मनुष्यों को मिल सके। उनके अंधकारपूर्ण जीवन-पथ पर इस मशाल के अतिरिक्त और कौन-सा प्रकाश है?" एक दिन एक भिक्षु ने उसके ये शब्द सुने। सुनकर वह भिक्षु हंसने लगा और बोला: "मेरे मित्र, अगर तुम्हारी आंखें सर्वव्यापी प्रकाश–सूर्य के प्रति अंधी हैं, तो संसार को अंधकारपूर्ण तो मत कहो। फिर, तुम्हारी यह मशाल सूर्य के गौरव में और क्या जोड़ सकेगी? और, जो सूर्य को ही नहीं देख पा रहे हैं, क्या तुम सोचते हो कि वे तुम्हारी इस क्षुद्र मशाल को देख सकेंगे?"

यह कथा बुद्ध ने कभी कही थी। यह कथा मैं पुनः कहना चाहता हूं। इस समय तो एक नहीं, बहुत-सी मशालें आकाश में जली हुई दिखाई पड़ रही हैं। राह-राह पर मशालें हैं—धर्मों की, संप्रदायों की, विचारों की, वादों की। इन सब का दावा यही है कि उनके अतिरिक्त और कोई प्रकाश ही नहीं है और वे सभी मनुष्य के अंधकारपूर्ण पथ को आलोकित करने को उत्सुक हैं। लेकिन, सत्य यह है कि उनके धुएं में मनुष्य की आंखें सूर्य को भी नहीं देख पा रही हैं। इन सब मशालों को बुझा देना है, ताकि सूर्य के दर्शन हो सकें। मनुष्य निर्मित कोई मशाल नहीं, प्रभु निर्मित सूर्य ही वास्तविक और एकमात्र प्रकाश है।

आंखें भीतर ले जाओ और उस सूर्य को देखो, जो कि स्वयं में है। उस प्रकाश के अतिरिक्त और कोई प्रकाश नहीं है। उसकी ही शरण जाओ। उससे भिन्न और शरण जो पकड़ता है, वह स्वयं में बैठे परमात्मा का अपमान करता है।

40

आनंद क्या है? सुख तो एक उत्तेजना है, और दुख भी। प्रीतिकर उत्तेजना को सुख और अप्रीतिकर को हम दुख कहते हैं। आनंद दोनों से भिन्न है। वह उत्तेजना की नहीं, शांति की अवस्था है। सुख को जो चाहता है, वह निरंतर दुख में पड़ता है। क्योंकि, एक उत्तेजना के बाद दूसरी विरोधी उत्तेजना वैसे ही अपरिहार्य है, जैसे कि पहाड़ों के साथ घाटियां होती हैं, और दिनों के साथ रात्रियां। किंतु, जो सुख और दुख दोनों को छोड़ने के लिये तत्पर हो जाता है, वह उस आनंद को उपलब्ध होता है, जो कि शाश्वत है।

ह्वांग-पो एक कहानी कहता था। किसी व्यक्ति का एकमात्र पुत्र गुम गया था। उसे गुमे बहुत दिन—बहुत बरस बीत गये। सब खोजबीन करके वह व्यक्ति भी थक गया। फिर धीरे-धीरे वह इस घटना को ही भूल गया।

तब अनेक वर्षों बाद उसके द्वार एक अजनबी आया और उसने कहा: "मैं आपका पुत्र हूं। आप पहचाने नहीं?" पिता प्रसन्न हुआ। उसने घर लौटे पुत्र की खुशी में मित्रों को प्रीति भोज दिया, उत्सव मनाया और उसका स्वागत किया। लेकिन, वह तो अपने पुत्र को भूल ही गया था और इसलिये इस दावेदार को पहचान नहीं सका। पर थोड़े दिन बाद ही पहचानना भी हो ही गया! वह व्यक्ति उसका पुत्र नहीं था और समय पाकर वह उसकी सारी संपत्ति लेकर भाग गया था। फिर, ह्वांग-पो कहता था कि ऐसे ही दावेदार प्रत्येक के घर आते हैं, लेकिन बहुत कम लोग हैं, जो कि उन्हें पहचानते हों। अधिक लोग तो उनके धोखे में आ जाते हैं और अपनी जीवन संपत्ति खो बैठते हैं। आत्मा से उत्पन्न होने वाले वास्तविक आनंद की बजाय, जो वस्तुओं और विषयों से।

निकलने वाले सुख को ही आनंद समझ लेते हैं, वे जीवन की अमूल्य संपदा को अपने ही हाथों नष्ट कर देते हैं।

स्मरण रखना कि जो कुछ भी बाहर से मिलता है, वह छीन भी लिया जावेगा। उसे अपना समझना भूल है। स्वयं का तो वही है, जो कि स्वयं में ही उत्पन्न होता है। वही वास्तविक संपदा है। उसे न खोजकर जो कुछ और खोजते हैं, वे चाहे कुछ भी पा लें, अंततः वे पायेंगे कि उन्होंने कुछ भी नहीं पाया है और उल्टे उसे पाने की दौड़ में वे स्वयं जीवन को ही गंवा बैठे हैं।

प्रभु को पाना है, तो मरना सीखो। क्या देखते नहीं कि बीज जब मरता है, तो वृक्ष बन जाता है।

एक बाउल फकीर से कोई मिलने गया था। वह गीत गाने में मग्न था। उसकी आंखें इस जगत को देखती हुई मालूम नहीं होती थीं और न ही प्रतीत होता था कि उसकी आत्मा ही यहां उपस्थित है। वह कहीं और ही था—किसी और लोक में, और किसी और रूप में। फिर, जब उसका गीत थमा और उसकी चेतना वापस लौटती हुई मालूम हुई, तो आगंतुक ने पूछा: "आपका क्या विश्वास है कि मोक्ष कैसे पाया जा सकता है?" वह सुमधुर वाणी का फकीर बोला: "केवल मृत्यु के द्वारा।"

कल किसी से यह कहता था। वे पूछने लगे: "मृत्यु के द्वारा?" मैंने कहा: "हां, जीवन में ही मृत्यु के द्वारा। जो शेष सबके प्रति मर जाता है, केवल वही प्रभु के प्रति जागता और जीवित होता है।"

जीवन में ही मरना सीख लेने से बड़ी और कोई कला नहीं है। उस कला को ही मैं योग कहता हूं। जो ऐसे जीता है कि जैसे मृत है, वह जीवन में जो भी सारभूत है, उसे अवश्य ही जान लेता है।

42

मृण्मय घरों को ही बनाने में जीवन को व्यय मत करो। उस चिन्मय घर का भी स्मरण करो, जिसे कि पीछे छोड़ आये हो और जहां कि आगे भी जाना है। उसका स्मरण आते ही ये घर फिर घर नहीं रह जाते हैं।

"नदी की रेत में कुछ बच्चे खेल रहे थे। उन्होंने रेत के मकान बनाये थे। और प्रत्येक कह रहा था: 'यह मेरा है, और सबसे श्रेष्ठ है। इसे कोई दूसरा नहीं पा सकता है।' ऐसे वे खेलते रहे। और जब किसी ने किसी के महल को तोड़ दिया, तो लड़े-झगड़े भी। फिर, सांझ का अंधेरा घिर आया। उन्हें घर लौटने का स्मरण हुआ। महल जहां थे, वहीं पड़े रह गये, और फिर उनमें उनका 'मेरा' और 'तेरा' भी न रहा।"

यह प्रबोध प्रसंग कहीं पढ़ा था। मैंने कहा: "यह छोटा-सा प्रसंग कितना सत्य है। और, क्या हम सब भी रेत पर महल बनाते बच्चों की भांति ही नहीं हैं? और, कितने कम ऐसे लोग हैं, जिन्हें सूर्य को डूबते देखकर घर लौटने का स्मरण आता हो! और, क्या अधिक लोग रेत के घरों में 'मेरा' 'तेरा' का भाव लिये ही जगत से विदा नहीं हो जाते हैं!"

स्मरण रखना कि प्रौढ़ता का उम्र से कोई संबंध नहीं। मिट्टी के घरों में जिसकी आस्था न रही, उसे ही मैं प्रौढ़ कहता हूं। शेष सब तो रेत के घरों से खेलते बच्चे ही हैं!

43

प्रेम और प्रार्थना का आनंद उनमें ही है—उनके बाहर नहीं। जो उनके द्वारा उनसे कुछ और चाहता है, उसे उनके रहस्य का पता नहीं है। प्रेम में डूब जाना ही प्रेम का फल है। और, प्रार्थना की तन्मयता और आनंद ही उसका पुरस्कार।

ईश्वर को एक प्रेमी अनेक वर्षों से साधना में था। एक रात्रि उसने स्वप्न में सुना कि कोई कह रहा है: "प्रभु तेरे भाग्य में नहीं, व्यर्थ श्रम और प्रतीक्षा मत कर।" उसने इस स्वप्न की बात अपने मित्रों से कही। किंतु, न तो उसके चेहरे पर उदासी आई और न उसकी साधना ही बंद हुई। उसके मित्रों ने उससे कहा: "जब तूने सुन लिया कि तेरे भाग्य का दरवाजा बंद है, तो अब क्यों व्यर्थ प्रार्थनाओं में लगा हुआ है?" उस प्रेमी ने कहा: "व्यर्थ प्रार्थनाएं? पागलो! प्रार्थना तो स्वयं में ही आनंद है—कुछ या किसी के मिलने या न मिलने से उसका क्या संबंध? और, जब कोई अभिलाषा रखने वाला एक दरवाजे से निराश हो जाता है, तो दूसरा दरवाजा खटखटाता है, लेकिन मेरे लिये दूसरा दरवाजा कहां है? प्रभु के अतिरिक्त कोई दरवाजा नहीं है।" उस रात्रि उसने देखा था कि प्रभु उसे आलिंगन में लिये हुए है।

प्रभु के अतिरिक्त जिनकी कोई चाह नहीं है, असंभव है कि वे उसे न पा लें। सब चाहों का एक चाह बन जाना ही मनुष्य के भीतर उस शक्ति को पैदा करता है, जो कि उसे स्वयं को अतिक्रमण कर भागवत चैतन्य में प्रवेश के लिये समर्थ बनाती है।

बहुत संपत्तियां खोजीं, किंतु अंत में उन्हें विपत्ति पाया। फिर, स्वयं में संपत्ति के लिये खोज की। जो पाया वही परमात्मा था। तब जाना कि परमात्मा को खो देना ही विपत्ति और उसे पा लेना ही संपत्ति है।

किसी व्यक्ति ने एक बादशाह की बहुत तारीफ की। उसकी स्तुति में सुंदर गीत गाये। वह उससे कुछ पाने का आकांक्षी था। बादशाह उसकी प्रशंसाओं से हंसता रहा और फिर उसने उसे बहुत सी अशर्फियां भेंट कीं। उस व्यक्ति ने जब अशर्फियों पर निगाह डाली, तो उसकी आंखें किसी अलौकिक चमक से भर गईं और उसने आकाश की ओर देखा। उन अशर्फियों पर कुछ लिखा था। उसने अशर्फियां फेंक दीं और वह नाचने लगा। उसका हाल कुछ का कुछ हो गया। उन अशर्फियों को पढ़कर उसमें न मालूम कैसी क्रांति हो गई थी। बहुत वर्षों बाद किसी ने उससे पूछा कि उन अशर्फियों पर क्या लिखा था? वह बोला: "उन पर लिखा था 'परमेश्वर काफी है।"

सच ही परमेश्वर काफी है। जो जानते हैं, वे सब इस सत्य की गवाही देते हैं।

मैंने क्या देखा? जिनके पास सब कुछ है, उन्हें दरिद्र देखा और ऐसे संपत्तिशाली भी देखे, जिनके पास कि कुछ भी नहीं है। फिर, इस सूत्र के दर्शन हुए कि जिन्हें सब पाना है, उन्हें सब छोड़ देना होगा। जो सब छोड़ने का साहस करते हैं, वे स्वयं प्रभु को पाने के अधिकारी हो जाते हैं।

45

जीवन क्या है? जीवन के रहस्य में प्रवेश करो। मात्र जी लेने से जीवन चुक जाता है, लेकिन ज्ञात नहीं होता। अपनी शक्तियों को उसे जी लेने में ही नहीं, ज्ञात करने में भी लगाओ। और, जो उसे ज्ञात कर लेता है, वही वस्तुतः उसे ठीक से जी भी पाता है।

रात्रि कुछ अपरिचित व्यक्ति आये थे। उनकी कुछ समस्याएं थीं। मैंने उनकी उलझन पूछी। उनमें से एक व्यक्ति बोला: "मृत्यु क्या है?" मैं थोड़ा हैरान हुआ। क्योंकि, समस्या जीवन की होती है। मृत्यु की कैसी समस्या? फिर, मैंने उन्हें कन्फ्यूशियस से ची-लु की हुई बातचीत बताई। ची-लु ने कन्फ्यूशियस से मृत्यु के पूर्व पूछा था कि मृतात्माओं का आदर और सेवा कैसे करनी चाहिए? कन्फ्यूशियस ने कहा: "जब तुम जीवित मनुष्यों की ही सेवा नहीं कर सकते, तो मृतात्माओं की क्या कर सकोगे?" तब ची-लु ने पूछा: "क्या मैं मृत्यु के स्वरूप के संबंध में कुछ पूछ सकता हूं?" वृद्ध—और मृत्यु के द्वार पर खड़ा—

कन्फ्यूशियस बोला: "जब जीवन को ही अभी तुम नहीं जानते, तब मृत्यु को कैसे जान सकते हो?" यह उत्तर बहुत अर्थपूर्ण है। जीवन को जो जान लेते हैं, वे ही केवल मृत्यु को जान पाते हैं। जीवन का रहस्य जिन्हें ज्ञात हो जाता है, उन्हें मृत्यु भी रहस्य नहीं रह जाती है, क्योंकि वह तो उसी सिक्के का दूसरा पहलू है।

मृत्यु से भयभीत केवल वे ही होते हैं, जो कि जीवन को नहीं जानते। मृत्यु का भय जिसका चला गया हो, जानना कि वह जीवन से परिचित हुआ है। मृत्यु के समय ही ज्ञात होता है कि व्यक्ति जीवन को जानता था या नहीं? स्वयं में देखना: वहां यदि मृत्यु-भय हो, तो समझना कि अभी जीवन को जानना शेष है।

46

अंतःकरण जब अक्षुब्ध होता है और दृष्टि सम्यक, तब जिस भाव का उदय होता है, वही भाव परमसत्ता में प्रवेश का द्वार है। जिनका अंतःकरण क्षुब्ध है और दृष्टि असम्यक, वे उतनी ही मात्रा में सत्य से दूर होते हैं। श्री अरविन्द का वचन है: 'सम होना याने अनंत हो जाना।' असम होना ही क्षुद्र होना है। और, सम होते ही विराट को पाने का अधिकार मिल जाता है।

"धर्म क्या है?" मैंने कहा: "सम भाव।" जिन्होंने पूछा था, वे कुछ समझे नहीं। फिर, उन्होंने पूछा। मैंने उनसे कहा: "चित्त की एक ऐसी दशा भी है, जहां कुछ भी अशांत नहीं करता है। अंधकार और प्रकाश वहां समान दीखते हैं। और, सुख-दुखों का उस भाव में समान स्वागत और स्वीकार होता है। वह चित्त की धर्म-दशा है। ऐसी अवस्था में ही आनंद उत्पन्न होता है। जहां विरोधी भी विपरीत परिणाम नहीं लाते और जहां कोई भी विकल्प चुना नहीं जाता है, उस निर्विकल्प

दशा में ही स्वयं में प्रवेश होता है।" फिर, वे जाने को ही थे और मुझे कुछ स्मरण आया। मैंने कहा: "सुनो, एक साधु हुआ है—ज़ोशु। उससे किसी ने पूछा था कि क्या धर्म को प्रकट करनेवाला कोई एक शब्द है। जोशु ने कहा: 'पूछोगे तो दो हो जावेंगे।' किंतु, पूछनेवाला नहीं माना तो जोशु बोला था: 'वह शब्द है—हां (Yes)।' "

जीवन की समस्तता और समग्रता के प्रति स्वीकार को पा लेने का नाम ही सम-भाव है। वही है समाधि। उसमें ही 'मैं' मिटता और विश्व-सत्ता से मिलन होता है। जिसके चित्त में 'नहीं' है, वह समग्र से एक नहीं हो पाता है। सर्व के प्रति 'हां' अनुभव करना जीवन की सबसे बड़ी क्रांति है। क्योंकि, वह 'स्व' को मिटाती है और 'स्वयं' से मिलाती है।

मैंने सबसे बड़ी संपत्ति 'सम-भाव' को जाना है। समत्व अद्वितीय है। आनंद और अमृत केवल उसे ही मिलते हैं, जो उस दशा को स्वयं में आविष्कृत कर लेता है। वह स्वयं के परमात्मा होने की घोषणा है। कृष्ण का आश्वासन है 'समता ही परमेश्वर है।'

47

स्मरण रखना कि इस जगत में स्वयं के अतिरिक्त और कुछ भी नहीं पाया जा सकता है। जो उसे खोजते हैं, वे पा लेते हैं और जो उससे अन्यथा कुछ भी खोजते हैं, वे अंततः असफलता और विषाद को ही उपलब्ध होते हैं। वासनाओं के पीछे दौड़नेवाले लोग नष्ट हुए हैं—नष्ट होते हैं—और नष्ट होंगे। वह मार्ग आत्म-विनाश का है।

"एक छोटे से घुटने के बल चलने वाले बालक ने एक दिन सूर्य के प्रकाश में खेलते हुए अपनी परछाईं देखी। उसे वह अदभुत वस्तु जान पड़ी। क्योंकि, वह हिलता तो उसकी वह छाया भी हिलने लगती थी। वह उस छाया को सिर पकड़ने को उद्योग करने लगा। किंतु, जैसे ही वह छाया के सिर को पकड़ने बढ़ता कि वह दूर हो जाता। वह कितना ही बढ़ता गया, लेकिन पाया कि सिर तो सदा उतना ही दूर है। उसके और छाया के बीच फासला कम नहीं होता था। थक कर और असफलता से वह रोने लगा। द्वार पर भिक्षा को आये हुए एक भिक्षु ने यह देखा। उसने पास आकर बालक को हाथ उसके सिर पर रख दिया। बालक रोता था, हंसने लगा; इस भांति छाया का मस्तक भी उसने पकड़ लिया था।"

कल मैंने यह कथा कही और कहा: "आत्मा पर हाथ रखना जरूरी है। जो छाया को पकड़ने में लगते हैं, वे उसे कभी भी नहीं पकड़ पाते। काया छाया है। उसके पीछे जो चलता है, वह एक दिन असफलता से रोता है।"

वासना दुष्पूर है। उसका कितना ही अनुगमन करो, वह उतनी ही दुष्पूर बनी रहती है। उससे मुक्ति तो तब होती है, जब कोई पीछे देखता है और स्वयं में प्रतिष्ठित हो जाता है।

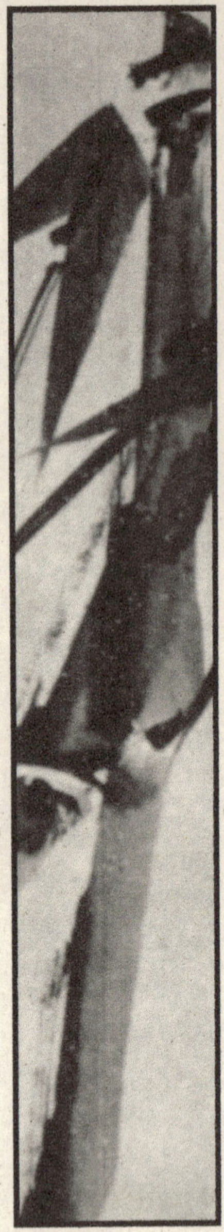

48

सहनशीलता जिसमें नहीं है, वह शीघ्र ही टूट जाता है। और, जिसने सहनशीलता के कवच को ओढ़ लिया है, जीवन में प्रतिक्षण पड़ती चोटें उसे और मजबूत कर जाती हैं।

मैंने सुना है: एक व्यक्ति किसी लुहार के द्वार से गुजरता था। उसने निहाई पर पड़ते हथौड़े की चोटों को सुना और भीतर झांककर देखा। उसने देखा कि एक कोने में बहुत से हथौड़े टूटकर और विकृत होकर पड़े हुए हैं। समय और उपयोग ने ही उनकी ऐसी गति की होगी। उस व्यक्ति ने लुहार से पूछा: "इतने हथौड़ों को इस दशा तक पहुंचाने के लिये कितनी निहाइयों की आपको जरूरत पड़ी?" वह लुहार हंसने लगा और बोला: "केवल एक ही मित्र, एक ही निहाई सैकड़ों हथौड़ों को तोड़ डालती है, क्योंकि हथौड़े चोट करते हैं, और निहाई सहती है।"

यह सत्य है कि अंत में वही जीतता है, जो चोटों को धैर्य से स्वीकार करता है। निहाई पर पड़ती हथौड़ों की चोटों की भांति ही उसके जीवन में भी चोटों की आवाज तो बहुत सुनी जाती है, लेकिन अंततः हथौड़े टूट जाते हैं और निहाई सुरक्षित बनी रहती है।

आनंद चाहते हो? आलोक चाहते हो? तो सबसे पहले अंतस में खोजो। जो वहां खोजता है, उसे फिर और कहीं नहीं खोजना पड़ता। और जो वहां नहीं खोजता, वह खोजता ही रहता है, किंतु पाता नहीं है।

एक भिखारी था। वह जीवन भर एक ही स्थान पर बैठकर भीख मांगता रहा। धनवान बनने की उसकी बड़ी प्रबल इच्छा थी। उसने बहुत भीख मांगी। पर, भीख मांग-मांगकर क्या कभी कोई धनवान हुआ है? वह भिखारी था, सो भिखारी ही रहा। वह जीया भी भिखारी और मरा भी भिखारी। जब वह मरा तो उसके कफन के लायक भी पूरे पैसे उसके पास नहीं थे! उसके मर जाने पर उसका झोपड़ा तोड़ दिया गया और वह जमीन साफ की गई। उसे सफाई में ज्ञात हुआ कि वह जिस जगह पर बैठकर जीवन भर भीख मांगता रहा, उसके ठीक नीचे भारी खजाना गड़ा हुआ था!

मैं प्रत्येक से पूछना चाहता हूं कि क्या हम भी ऐसे ही भिखारी नहीं हैं? क्या प्रत्येक के भीतर ही वह खजाना नहीं छिपा हुआ है, जिसे कि हम जीवन भर बाहर खोजते रहते हैं!

इसके पूर्व कि शांति और संपदा की तलाश में तुम्हारी यात्रा प्रारंभ हो, सबसे पहले उस जगह को खोद लेना, जहां कि तुम खड़े हो। क्योंकि, बड़े से बड़े खोजियों और यात्रियों ने सारी दुनिया में भटककर अंततः खजाना वहीं पाया है।

50

धर्म एक है। सत्य एक है। और, जो उसे खंडों में देखते हों, वे जानें कि जरूर उनकी आंखें ही खंडित हैं!

एक सुनार था। वह राम का भक्त था। भक्ति उसकी ऐसी अंधी थी कि राम के अतिरिक्त उसका किसी और मूर्ति पर कोई आदर नहीं था। वह कभी किसी और मूर्ति के दर्शन नहीं करता था। दूसरी मूर्तियों के सामने वह अपनी आंखें बंद कर लेता था! एक दिन देश के राजा ने कृष्ण की मूर्ति के लिये जड़ाऊ मुकुट बनाने की उसे आज्ञा दी। वह सुनार बहुत धर्म-संकट में पड़ा। कृष्ण की मूर्ति के सिर को वह नाप कैसे ले? किसी भांति आंखों पर पट्टी बांधकर वह मूर्ति का नाप लेने गया। लेकिन, कृष्ण की मूर्ति का नाप लेते समय उसे ऐसा अनुभव हुआ कि वह अपनी जानी-पहचानी राम की मूर्ति को ही टटोल रहा है! उसके आश्चर्य का ठिकाना न रहा और उसने एक ही झटके में अपनी आंखों की पट्टी निकालकर फेंक दी। इस घटना में उसकी बाहर की ही नहीं, भीतर की पट्टी भी दूर फिंक गई। उसकी आंखें पहली बार खुलीं और उसने देखा कि सभी रूप प्रभु के ही हैं, क्योंकि उसका तो कोई भी रूप नहीं है। जिसका कोई रूप हो, उसके सभी रूप नहीं हो सकते हैं। जिसका कोई रूप नहीं है, वही सभी रूपों में हो सकता है।

यह कहानी सत्य है या नहीं, मुझे ज्ञात नहीं। लेकिन, मंदिरों और मस्जिदों और गिरजों में जाते लोगों की आंखों पर मैं ऐसी ही पट्टियां बंधी रोज देखता हूं। मैं उनसे इस कहानी को कहता हूं। वे मुझसे पूछते हैं कि क्या यह कहानी सत्य है? मैं कहता हूं कि अपनी आंखों पर बंधी पट्टियों को टटोलें, तो आधी कहानी तो सत्य मालूम होगी ही और यदि

उन पट्टियों को निकाल भी फेंकें तो शेष आधी कहानी भी सत्य हो जाती है!

आंखें खोलो और देखो। अपने ही हाथों से हम सत्य की पूर्णता से स्वयं को वंचित किये बैठे हैं। सब धारणाएं और आग्रहों को छोड़कर जो देखता है, वह सब जगह एक ही सत्ता और एक ही परमात्मा को अनुभव करता है।

51

संयम क्या है? अस्पर्श-भाव संयम है। तटस्थ साक्षी-भाव संयम है। संसार में 'होना' और साथ ही 'नहीं-होना' संयम है।

एक बार कन्फ्यूशियस से येन-हुई ने पूछा: "मैं मन पर संयम रखने के लिये क्या करूं?" कन्फ्यूशियस ने कहा: "तुम कानों से नहीं सुनते, मन से सुनते हो; मन से भी नहीं सुनते, अपनी आत्मा से सुनते हो। प्रयत्न करो कि केवल कानों से ही सुनोगे। मन को कानों की सहायता करने की जरूरत न पड़े। तब शून्यावस्था में आत्मा बाह्य प्रभावों को अक्रियता से ही ग्रहण करेगी। ऐसी समाधि में ही संयम है। और ऐसी अवस्था में ही भगवान का निवास है।"

येन-हुई ने कहा: "किंतु इस भांति तो मेरा व्यक्तित्व ही खो जायेगा? क्या शून्यावस्था का यही अर्थ है?" कन्फ्यूशियस बोला: "हां, यही अर्थ है। सामने, उस झरोखे को देखते हो? इसके होने से यह कक्ष प्राकृतिक दृश्यों के सौंदर्य से जगमगा उठा है। परंतु, प्राकृतिक दृश्य बाहर ही हैं। चाहो तो अपने कानों और अपनी आंखों का प्रयोग अपने अंतर को इसी भांति ज्योतित करने के लिये कर सकते हो। इंद्रियों को झरोखा बनाओ। और स्वयं शून्य हो रहो। इस अवस्था को ही मैं संयम कहता हूं।"

मैं आंखों से देखता हूं, कानों से सुनता हूं, पैरों से चलता हूं—और फिर भी 'मैं सबसे दूर हूं, वहां न देखना है, न सुनना है, न चलना है। इंद्रियों से जो भी आता हो, उससे अलिप्त और तटस्थ खड़े होना सीखो। इस भांति अस्पर्श में प्रतिष्ठित हो जाने का नाम ही संयम है। और, संयम सत्य का द्वार है।

52

प्रकाश को अंधकार का पता नहीं। प्रकाश तो सिर्फ प्रकाश को ही जानता है। जिनके हृदय प्रकाश और पवित्रता से आपूरित हो जाते हैं, उन्हें फिर कोई हृदय अंधकारपूर्ण और अपवित्र नहीं दिखाई पड़ता। जब तक हमें अपवित्रता दिखाई पड़े, जानना चाहिए कि उसके कुछ न कुछ अवशेष जरूर हमारे भीतर हैं। वह स्वयं के अपवित्र होने की सूचना से ज्यादा और कुछ नहीं है।

सुबह की प्रार्थना के स्वर मंदिर में गूंज रहे थे। आचार्य रामानुज भी प्रभु की प्रार्थना में तल्लीन से दीखते मंदिर की परिक्रमा करते थे। और तभी अकस्मात एक चांडाल स्त्री उनके सम्मुख आ गई। उसे देख उनके पैर ठिठक गये, प्रार्थना की तथाकथित तल्लीनता खंडित हो गई और मुंह से अत्यंत परुष शब्द फूट पड़े: "चांडालिन मार्ग से हट, मेरे

मार्ग को अपवित्र न कर।" प्रार्थना करती उनकी आंखों में क्रोध आ गया—और प्रभु की स्तुति में लगे ओठों पर विष। किंतु वह चांडाल स्त्री हटी नहीं, अपितु, हाथ जोड़कर पूछने लगी: "स्वामी, मैं किस ओर सरकूं? प्रभु की पवित्रता तो चारों ही ओर है। मैं अपनी अपवित्रता किस ओर ले जाऊं?" मानो कोई परदा रामानुज की आंखों के सामने से हट गया हो, ऐसे उन्होंने उस स्त्री को देखा। उसके वे थोड़े से शब्द उनकी सारी कठोरता बहा ले गये। श्रद्धावनत हो उन्होंने कहा था: "मां, क्षमा करो। भीतर का मैल ही हमें बाहर दिखाई पड़ता है। जो भीतर की पवित्रता से आंखों को आज लेता है, उसे चहुं ओर पावनता ही दिखाई देती है।"

प्रभु को देखने का कोई और मार्ग मैं नहीं जानता हूं। एक ही मार्ग है और वह है—सब ओर पवित्रता का अनुभव होना। जो सबमें पावन को देखने लगता है, वही—और केवल वही—प्रभु के द्वार की कुंजी को उपलब्ध कर पाता है।

53

एक युवक ने मुझसे पूछा: "जीवन में बचाने जैसा क्या है?" मैंने कहा: "स्वयं की आत्मा और उसका संगीत। जो उसे बचा लेता है, वह सब बचा लेता है और जो उसे खोता है, वह सब खो देता है।"

एक वृद्ध संगीतज्ञ किसी वन से निकलता था। उसके पास बहुत-सी स्वर्ण मुद्राएं थीं। मार्ग में कुछ डाकुओं ने उसे पकड़ लिया। उन्होंने उसका सारा धन तो छीन ही लिया, साथ ही उसका वाद्य भी। वायलिन पर उस संगीतज्ञ की कुशलता अप्रतिम थी। उस वाद्य का उस-सा अधिकारी और कोई नहीं था। उस वृद्ध ने बड़ी विनय से वायलिन लौटा देने की प्रार्थना की। वे डाकू चकित हुए। वह वृद्ध अपनी संपत्ति न मांगकर अति साधारण मूल्य का वाद्य ही क्यों मांग रहा था? फिर, उन्होंने भी यह सोचा कि यह बाजा हमारे किस काम का और उसे वापस लौटा दिया। उसे पाकर वह संगीतज्ञ आनंद से नाचने लगा और उसने वहीं बैठकर उसे बजाना प्रारंभ कर दिया। अमावस की रात्रि। निर्जन वन। उस अंधकारपूर्ण निस्तब्ध निशा में उसके वायलिन से उठे स्वर अलौकिक हो गूंजने लगे। शुरू में तो वे डाकू अनमनेपन से सुनते रहे, फिर उनकी आंखों में भी नरमी आ गई। उनका चित्त भी संगीत की रसधार में बहने लगा। अंत में भाव विभोर हो वे उस वृद्ध संगीतज्ञ के चरणों में गिर पड़े। उन्होंने उसका सारा धन लौटा दिया। यही नहीं, वे उसे और भी बहुत-सा धन भेंटकर वन के बाहर तक सुरक्षित पहुंचा गये थे!

ऐसी ही स्थिति में क्या प्रत्येक मनुष्य नहीं है? और क्या प्रत्येक व्यक्ति प्रतिदिन ही लूटा नहीं जा रहा है? पर, कितने

हैं, जो कि संपत्ति नहीं, वरन स्वयं के संगीत को और उस संगीत के वाद्य को बचा लेने का विचार करते हों?

सब छोड़ो और स्वयं के संगीत को बचाओ—और उस वाद्य को जिससे कि जीवन संगीत पैदा होता है। जिन्हें थोड़ी भी समझ है, वे यही करते हैं। और, जो यह नहीं कर पाते हैं, उनके विश्व भर की संपत्ति को पा लेने का भी कोई मूल्य नहीं है। स्मरण रहे कि स्वयं के संगीत से बड़ी और कोई संपत्ति नहीं है।

54

मैं जब किसी को मरते देखता हूं, तो अनुभव होता है कि उसमें मैं ही मर गया हूं। निश्चय ही प्रत्येक मृत्यु मेरी ही मृत्यु की खबर है। और जो ऐसा नहीं देख पाते हैं, वे मुझे चक्षुहीन मालूम होते हैं। मैंने तो जगत की प्रत्येक घटना से शिक्षा पाई है। और, जितना ही उनमें गहरे देखने में मैं समर्थ हुआ, उतना ही वैराग्य सहज ही फलीभूत हुआ है। जगत में आंखें खुली हों, तो ज्ञान मिलता है। और, ज्ञान आये, तो वैराग्य आता है।

मैंने सुना है कि एक अत्यंत वृद्ध भिखारी किसी राह के किनारे बैठा भिक्षा मांगता था। उसके शरीर में लकवा लग गया था, आंखें अंधी हो गई थीं और सारा शरीर कोढ़ग्रस्त हो गया था। उसके पास से निकलते लोग आंखें दूसरी ओर कर लेते थे। एक युवक रोज उस मार्ग से निकलता था और सोचता था कि इस जरा-जीर्ण मरणासन्न वृद्ध भिखारी को भी जीवन का मोह कैसा है? यह किस लिये भीख मांगता और

जीना चाहता है? अंततः, एक दिन उसने उस वृद्ध से यह बात पूछ ही ली। उसके प्रश्न को सुन वह भिखारी हंसने लगा और बोला: "बेटे! यह प्रश्न मेरे मन को भी सताया करता है। परमात्मा से पूछता हूं, तो भी कोई उत्तर नहीं आता है। फिर सोचता है कि शायद वह मुझे इसलिए जिलाये रखना चाहता है, ताकि दूसरे मनुष्य यह जान सकें कि मैं भी कभी उनके जैसा ही था और वे भी कभी मेरे ही जैसे हो सकते हैं! इस संसार में सौंदर्य का, स्वास्थ्य का, यौवन का—सभी का अहम, एक प्रवंचना से ज्यादा नहीं है।"

शरीर एक बदलता हुआ प्रवाह है और मन भी। उन्हें जो किनारे समझ लेते हैं, वे डूब जाते हैं। न शरीर तट है, न मन तट है। उन दोनों के पीछे जो चैतन्य है, साक्षी है, द्रष्टा है, वह अपरिवर्तित, नित्य, बोध मात्र ही वास्तविक तट है। जो अपनी नौका को उस तट से बांधते हैं, वे अमृत को उपलब्ध होते हैं।

55

इच्छाएं दरिद्र बनाती हैं। उनसे ही याचना और दासता पैदा होती है। फिर, उनका कोई अंत भी नहीं है। जितना उन्हें छोड़ो, उतना ही व्यक्ति स्वतंत्र और समृद्ध होता है। जो कुछ भी नहीं चाहता है, उसकी स्वतंत्रता अनंत हो जाती है।

एक संन्यासी के पास कुछ रुपये थे। उसने कहा कि वह उन्हें किसी गरीब आदमी को देना चाहता है। बहुत से गरीब लोगों ने उसे घेर लिया और उससे रुपयों की याचना की। उसने कहा: "मैं अभी देता हूं—मैं अभी उसे रुपये दिये देता हूं, जो कि इस जगत में सबसे ज्यादा गरीब और भूखा है।" यह कहकर संन्यासी भीतर गया। तभी, लोगों ने देखा कि राजा की सवारी आ रही है। वे उसे देखने में लग गये। इसी बीच संन्यासी बाहर आया और उसने अपने रुपये हाथी पर बैठे राजा के पास फेंक दिये। राजा ने चकित हो, इसका कारण पूछा। फिर लोगों ने भी कहा कि आप तो कहते थे कि मैं रुपये सर्वाधिक दरिद्र व्यक्ति को दूंगा! संन्यासी ने हंसते हुए कहा: "मैंने उन्हें दरिद्रतम व्यक्ति को ही दिया है। वह जो धन की भूख में सबसे आगे है, क्या सर्वाधिक गरीब नहीं है?"

दुख क्या है? कुछ पाने की और कुछ होने की आकांक्षा ही दुख है। दुख कोई नहीं चाहता, लेकिन आकांक्षाएं हों तो दुख बना ही रहेगा। किंतु, जो आकांक्षाओं के स्वरूप को समझ लेता है, वह दुख से नहीं, आकांक्षाओं से ही मुक्ति खोजता है। और, तब दुख के आगमन का द्वार अपने आप ही बंद हो जाता है।

जो जीवन में कुछ भी नहीं कर पाते, वे अकसर आलोचक बन जाते हैं। जीवन-पथ पर चलने में जो असमर्थ हैं, वे राह के किनारे खड़े हो, दूसरों पर पत्थर ही फेंकने लगते हैं। यह चित्त की बहुत रुग्ण दशा है। जब किसी की निंदा का विचार मन में उठे, तो जानना कि तुम भी उसी ज्वर से ग्रस्त हो रहे हो। स्वस्थ व्यक्ति कभी किसी की निंदा में संलग्न नहीं होता। और, जब दूसरे उसकी निंदा करते हों, तो उन पर दया ही अनुभव करता है। शरीर से बीमार ही नहीं, मन से बीमार भी दया के पात्र हैं।

नार्मन विन्सेंट पील ने कहीं लिखा है: "मेरे एक मित्र हैं, सुविख्यात समाज-सेवी। कई बार उनकी बहुत निंदापूर्ण आलोचनाएं होती हैं, लेकिन उन्हें कभी किसी ने विचलित होते नहीं देखा। जब मैंने उनसे इसका रहस्य पूछा, तो वे मुझसे बोले: 'जरा अपनी एक अंगुली मुझे दिखाइये।' मैंने चकित-भाव से अंगुली दिखाई। तब वे कहने लगे: 'देखते हैं। आपकी एक अंगुली मेरी ओर है, तो शेष तीन अंगुलियां आपकी अपनी ही ओर हैं। वस्तुतः, जब भी कोई किसी की ओर एक अंगुली उठाता है, तो उसके बिना जाने उसकी ही तीन अंगुलियां स्वयं उसकी ही ओर उठ जाती हैं। अतः जब कोई मेरी ओर दुर्लक्ष्य करता है, तो मेरा हृदय उसके प्रति दया से भर जाता है, क्योंकि, वह मुझसे कहीं बहुत अधिक अपने आप पर प्रहार करता है।'"

जब कोई तुम्हारी आलोचना करे, तो अफलातूं का एक अमृत वचन जरूर याद कर लेना। उसने यह सुनकर कि कुछ लोग उसे बहुत बुरा आदमी बताते हैं, कहा था: "मैं इस

भांति जीने का ध्यान रखूंगा कि उनके कहने पर कोई विश्वास ही नहीं लायेगा।"

57

प्रेम को पाओ। उससे ऊपर और कुछ भी नहीं है। तिरुवल्लुवर ने कहा है: "प्रेम जीवन का प्राण है। जिसमें प्रेम नहीं, वह सिर्फ मांस से घिरी हुई हड्डियों का ढेर है।"

प्रेम क्या है?—कल कोई पूछता था। मैंने कहा: "प्रेम जो कुछ भी हो, उसे शब्दों में कहने का उपाय नहीं, क्योंकि वह कोई विचार नहीं है। प्रेम तो अनुभूति है। उसमें डूबा जा सकता है, लेकिन उसे जाना नहीं जा सकता। प्रेम पर विचार मत करो। विचार को छोड़ो, और फिर जगत को देखो। उस शांति में जो अनुभव में आयेगा, वही प्रेम है।"

और, फिर मैंने एक कहानी भी कही। किसी बाउल फकीर से एक पंडित ने पूछा: "क्या आपको शास्त्रों में वर्गीकृत प्रेम के विभिन्न रूपों का ज्ञान है?" वह फकीर बोला: "मुझ जैसा अज्ञानी शास्त्रों की बात क्या जाने?" इसे सुनकर उस पंडित ने शास्त्रों में वर्गीकृत प्रेम की विस्तृत चर्चा की और फिर उस फकीर का तत्संबंध में मंतव्य जानना चाहा। वह फकीर खूब हंसने लगा और बोला: "आपकी बातें सुनकर मुझे लगता था कि जैसे कोई सुनार फूलों की बगिया में घुस आया है और वह फूलों का सौंदर्य स्वर्ण को परखने वाले पत्थर पर घिस-घिसकर, कर रहा है!"

प्रेम को विचारो मत—जीओ। लेकिन, स्मरण रहे कि उसे जीने में स्वयं को खोना पड़ता है। अहंकार अप्रेम है और जो जितना अहंकार को छोड़ देता है, वह उतना ही प्रेम से भर जाता है। अहंकार जब पूर्ण रूप से शून्य होता है, तो प्रेम पूर्ण हो जाता है। ऐसी प्रेम ही परमात्मा के द्वार की सीढ़ी है।

58

फूल आते हैं, चले जाते हैं। कांटे आते हैं, चले जाते हैं। सुख आते हैं, चले जाते हैं। दुख आते हैं, चले जाते हैं। जो जगत के इस 'चले जाने के शाश्वत नियम को जान लेता है, उसका जीवन क्रमशः बंधनों से मुक्त होने लगता है।

एक अंधकारपूर्ण रात्रि में कोई व्यक्ति नदी तट से कूदकर आत्महत्या करने का विचार कर रहा था। वर्षा के दिन थे और नदी पूर पर थी। आकाश में बादल घिरे थे और बीच-बीच में बिजली चमक रही थी। वह व्यक्ति उस देश का बहुत धनी व्यक्ति था, लेकिन अचानक घाटा लगा और उसकी सारी संपत्ति चली गई। उसका भाग्य-सूर्य डूब गया था और उसके समक्ष अंधकार के अतिरिक्त और कोई भविष्य नहीं था। ऐसी स्थिति में उसने स्वयं को समाप्त करने का ही विचार कर लिया था। किंतु, वह नदी में कूदने के लिये जैसे ही चट्टान के किनारे पर पहुंचने को हुआ कि किन्हीं दो वृद्ध, लेकिन मजबूत हाथों ने उसे रोक लिया। तभी बिजली चमकी और उसने देखा कि एक वृद्ध साधु उसे पकड़े हुए है। उस वृद्ध ने उससे इस निराशा का कारण पूछा और सारी

कथा सुनकर वह हंसने लगा और बोला: "तो तुम यह स्वीकार करते हो कि पहले तुम सुखी थे?" वह बोला: "हां, मेरा भाग्य-सूर्य पूरे प्रकाश से चमक रहा था, और अब सिवाय अंधकार के मेरे जीवन में और कुछ भी शेष नहीं है।" वह वृद्ध फिर हंसने लगा और बोला: "दिन के बाद रात्रि है और रात्रि के बाद दिन। जब दिन नहीं टिकता, तो रात्रि भी कैसे टिकेगी? परिवर्तन प्रकृति का नियम है। ठीक से सुन लो—जब अच्छे दिन नहीं रहे, तो बुरे दिन भी नहीं रहेंगे। और जो व्यक्ति इस सत्य को जान लेता है, वह सुख में सुखी नहीं होता और दुख में दुखी नहीं। उसका जीवन उस अडिग चट्टान की भांति हो जाता है, जो वर्षा और धूप में समान ही बनी रहती है।"

सुख और दुख को जो समभाव से ले, समझना कि उसने स्वयं को जान लिया। क्योंकि, स्वयं की पृथकता का बोध ही समभाव को जन्म देता है। सुख और दुख आते और जाते हैं, जो न आता है और न जाता है वह है स्वयं का अस्तित्व, इस अस्तित्व में ठहर जाना ही समत्व है।

59

'मैं' को भूल जाना और 'मैं' से ऊपर उठ जाना सबसे बड़ी कला है। उसके अतिक्रमण से ही मनुष्य मनुष्यता को पार कर दिव्यता से संबंधित होता है। जो 'मैं से घिरे रहते हैं, वे भगवान को नहीं जान पाते। उस घेरे के अतिरिक्त मनुष्यता और भगवत्ता के बीच और कोई बाधा नहीं है।

च्वांग-त्सु किसी बढ़ई की एक कथा कहता था। वह बढ़ई अलौकिक रूप से कुशल था। उसके द्वारा निर्मित वस्तुएं इतनी सुंदर होती थीं कि लोग कहते थे कि जैसे उन्हें किसी मनुष्य ने नहीं, वरन देवताओं ने बनाया हो। किसी राजा ने उस बढ़ई से पूछाः "तुम्हारी कला में यह क्या माया है?" वह बढ़ई बोलाः "कोई माया-वाया नहीं है, महाराज! बहुत छोटी-सी बात है। वह यही कि जो भी मैं बनाता हूं, उसे बनाते समय अपने 'मैं' को मिटा देता हूं। सबसे पहले मैं अपनी प्राण-शक्ति के अपव्यय को रोकता हूं और चित्त को पूर्णतः शांत बनाता हूं। तीन दिन इस स्थिति में रहने पर, उस वस्तु से होने वाले मुनाफे, कमाई आदि की बात मुझे भूल जाती है। फिर, पांच दिनों बाद उससे मिलने वाले यश का भी खयाल नहीं रहता। सात दिन और, और मुझे अपनी काया का भी विस्मरण हो जाता है। इस भांति मेरा सारा कौशल एकाग्र हो जाता है—सभी बाह्य-अंतर विघ्न और विकल्प तिरोहित हो जाते हैं। फिर, जो मैं बनाता हूं, उससे परे और कुछ भी नहीं रहता। 'मैं' भी नहीं रहता हूं। और इसीलिये वे कृतियां दिव्य प्रतीत होने लगती हैं।"

जीवन में दिव्यता को उतारने का रहस्य सूत्र यही है। 'मैं' को विसर्जित कर दो—और चित्त को किसी सृजन में तल्लीन। अपनी सृष्टि में ऐसे मिट जाओ और एक हो जाओ जैसा कि परमात्मा उसकी सृष्टि में हो गया है।

कल कोई पूछता था : "मैं क्या करूं?"

मैंने कहाः "क्या करते हो, यह उतना महत्वपूर्ण नहीं है, जितनी कि कैसे करते हो? स्वयं को खोकर कुछ करो; तो उससे ही स्वयं को पाने का मार्ग मिल जाता है।"

सुबह कुछ लोग आये थे। उनसे मैंने कहा: "सदा स्वयं के भीतर गहरे से गहरे होने का प्रयास करते रहो। भीतर इतनी गहराई हो कि कोई तुम्हारी थाह न ले सके। अथाह जिसकी गहराई है, अगोचर उसकी ऊंचाई हो जाती है।"

जीवन उतना ही ऊंचा हो जाता है, जितना कि गहरा हो। जो ऊंचे तो होना चाहते हैं, लेकिन गहरे नहीं, उनकी असफलता सुनिश्चित है। गहराई के आधार पर ही ऊंचाई के शिखर सम्हलते हैं। दूसरा और कोई रास्ता नहीं। गहराई असली चीज है। उसे जो पा लेते हैं, उन्हें ऊंचाई तो अनायास ही मिल जाती है। सागर से जो स्वयं में गहरे होते हैं, हिम शिखरों की ऊंचाई केवल उन्हें ही मिलती है। गहराई मूल्य है, जो कि ऊंचा होने के लिये चुकाना ही पड़ता है। और, स्मरण रहे कि जीवन में बिना मूल्य कुछ भी नहीं मिलता है।

स्वामी राम कहा करते थे कि उन्होंने जापान में तीन-तीन सौ, चार-चार सौ साल के चीड़ और देवदार के दरख्त देखे, जो केवल एक-एक बालिश्त के बराबर ऊंचे थे! आप खयाल करें कि देवदार के दरख्त कितने बड़े होते हैं! मगर कौन और कैसे इन दरख्तों को बढ़ने से रोक देता है? जब उन्होंने दर्याफ्त किया, तो लोगों ने कहा कि हम इन दरख्तों के पत्तों और टहनियों को बिलकुल नहीं छेड़ते बल्कि जड़ें काटते रहते हैं, नीचे बढ़ने नहीं देते। और कायदा है कि जब जड़े नीचे नहीं जायेंगी, तो वृक्ष ऊपर नहीं बढ़ेगा। ऊपर और नीचे दोनों में इस किस्म का संबंध है कि जो लोग ऊपर बढ़ना चाहते हैं, उन्हें अपनी आत्मा में जड़ें बढ़ानी चाहिये। भीतर जड़े नहीं बढ़ेंगी तो जीवन कभी ऊपर नहीं उठ सकता है।

लेकिन, हम इस सूत्र को भूल गये हैं और परिणाम में जो जीवन देवदार के दरख्तों की भांति ऊंचे हो सकते थे, वे जमीन से बालिश्त भर ऊंचे नहीं उठ पाते हैं। मनुष्य छोटे से छोटा होता जा रहा है, क्योंकि स्वयं की आत्मा में उसकी जड़ें कम से कम गहरी होती जाती हैं।

शरीर सतह है, आत्मा गहराई। शरीर में ही जो जीता है, वह गहरा कैसे हो सकेगा? शरीर में नहीं, आत्मा में जीओ। सदैव यह स्मरण रखो कि मैं जो भी सोचूं, बोलूं और करूं, उसकी परिसमाप्ति शरीर पर ही न हो जावे। शरीर से भिन्न और ऊपर भी कुछ सोचो, बोलो और करो। उससे ही क्रमशः आत्मा में जड़ें मिलती हैं और गहराई उपलब्ध होती है।

61

जैसा आप चाहते हों कि दूसरे हों, वैसा अपने को बनावें। उनको बदलने के लिये स्वयं को बदलना आवश्यक है। अपनी बदल से ही आप उनकी बदलाहट का प्रारंभ कर सकते हैं।

जो स्वयं जाग्रत है, वही केवल अन्य का सहायक हो सकता है। जो स्वयं निद्रित है, वह दूसरों को कैसे जगायेगा? और, जिसके भीतर स्वयं ही अंधकार का आवास है, वह दूसरों के लिए प्रकाश का स्रोत कैसे हो सकता है? निश्चय ही दूसरों की सेवा स्वयं के सृजन से ही प्रारंभ हो सकती है। पर-हित स्व-हित के पूर्व असंभव है। कोई मुझसे पूछता था: "मैं सेवा करना चाहता हूं।" मैंने उससे कहा: "पहले साधना, तब सेवा। क्योंकि, जो तुम्हारे पास नहीं है, उसे तुम किसी को कैसे दोगे? साधना से पाओ, तभी सेवा से बांटना हो सकता है।" सेवा की इच्छा बहुतों में है, पर स्व-साधना और आत्म-सृजन की नहीं। यह तो वैसा ही है कि जैसे कोई बीज तो न बोना चाहे, लेकिन फसल काटना चाहे! ऐसे कुछ भी नहीं हो सकता है। किसी अत्यंत दुर्बल और दरिद्र व्यक्ति

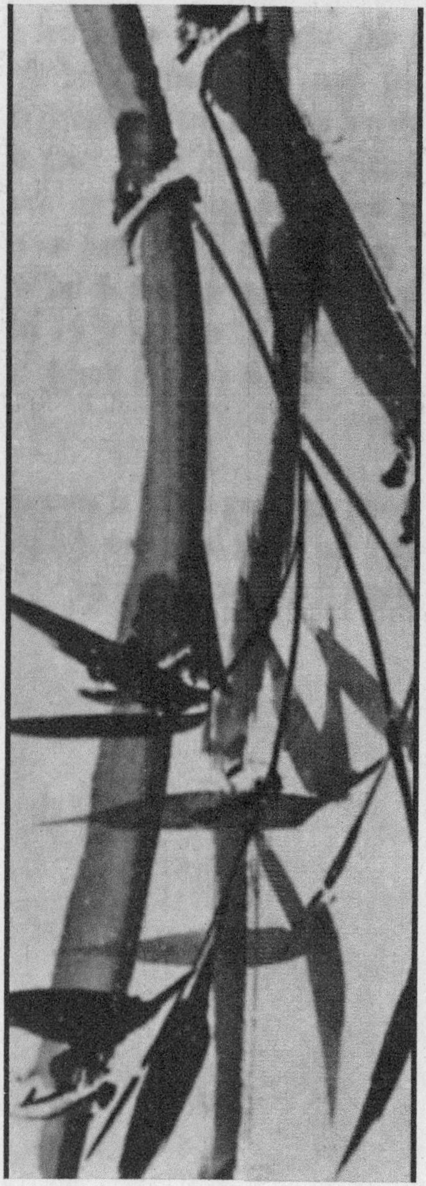

ने बुद्ध से कहा था: "प्रभु, मैं मानवता की सहायता के लिये क्या करूं?" वह दुर्बल शरीर से नहीं, आत्मा से था और दरिद्र धन से नहीं, जीवन से था। बुद्ध ने एक क्षण प्रगाढ़ करुणा से उसे देखा। उनकी आंखें दयार्द्र हो आईं। वे बोले—केवल एक छोटा-सा वचन पर कितनी करुणा और कितना अर्थ उसमें था! उन्होंने कहाः "क्या कर सकोगे तुम?" 'क्या कर सकोगे तुम?' इसे हम अपने मन में दुहरावें। वह हमसे ही कहा गया है। सब करना स्वयं पर और स्वयं से ही प्रारंभ होता है। स्वयं के पूर्व जो दूसरों के लिए कुछ करना चाहता है, वह भूल में है। स्वयं को जो निर्मित कर लेता है, स्वयं जो स्वस्थ हो जाता है, उसका वैसा होना ही सेवा है।

सेवा की नहीं जाती। वह तो प्रेम से सहज ही निकलती है। और, प्रेम? प्रेम आनंद का स्फुरण है। अंतस में जो आनंद है, आचरण में वही प्रेम बन जाता है।

62

किसी भी मनुष्य ने जो ऊंचाइयां और गहराइयां छुई हैं, वह कोई भी अन्य मनुष्य कभी भी छू सकता है। और, जो ऊंचाइयां और गहराइयां अभी तक किसी ने भी स्पर्श नहीं की हैं, उन्हें अभी भी मनुष्य स्पर्श कर सकेगा। स्मरण रखना कि मनुष्य की शक्ति अनंत है।

मैं प्रत्येक मनुष्य के भीतर अनंत शक्तियों को प्रसुप्त देखता हूं। इन शक्तियों में से अधिक शक्तियां सोई ही रह जाती हैं, और हमारे जीवन के सोने की अंतिम रात्रि आ जाती है। हम उन शक्तियों और संभावनाओं को जगा ही नहीं पाते। इस भांति हममें से अधिकतम लोग आधे ही जीते हैं या उससे भी कम। हमारी बहुत-सी शारीरिक और मानसिक शक्तियां अधूरी ही उपयोग में आती हैं और आध्यात्मिक शक्तियां तो उपयोग में आती ही नहीं। हम स्वयं में छिपे शक्ति-स्रोतों को न्यूनतम ही खोदते हैं और यही हमारी आंतरिक दरिद्रता का मूल कारण है। विलियम जेम्स ने कहा है: "मनुष्य की अग्नि बुझी-बुझी जलती है, और इसलिए वह स्वयं की आत्मा के ही समक्ष भी अत्यंत हीनता में जीता है।"

इस हीनता से ऊपर उठना अत्यंत आवश्यक है। अपने ही हाथों दीन-हीन बने रहने से बड़ा कोई पाप नहीं। भूमि खोदने से जल-स्रोत मिलते हैं, ऐसे ही जो स्वयं में खोदना सीख जाते हैं, वे स्वयं में ही छिपे अनंत शक्ति-स्रोतों को उपलब्ध होते हैं। किंतु, उसके लिये सक्रिय और सृजनात्मक होना होगा। जिसे स्वयं की पूर्णता को पाना है, वह—जबकि दूसरे विचार ही करते रहते हैं—विधायक रूप से सक्रिय हो जाता है। वह जो थोड़ा-सा जानता है, उसे ही पहले क्रिया में

परिणत कर लेता है। वह बहुत जानने को नहीं रुकता। और, इस भांति एक-एक कुदाली चलाकर वह स्वयं में शक्ति का कुआं खोद लेता है, जबकि मात्र विचार करने वाले बैठे ही रह जाते हैं। विधायक सक्रियता और सृजनात्मकता से ही सोई शक्तियां जाग्रत होती हैं और व्यक्ति अधिक से अधिक जीवित बनता है। जो व्यक्ति अपनी पूर्ण संभावित शक्तियों को सक्रिय कर लेता है, वही पूरे जीवन को अनुभव कर पाता है और वही आत्मा को भी अनुभव करता है। क्योंकि, स्वयं की समस्त संभावनाओं के वास्तविक बन जाने पर जो अनुभूति होती है, वही आत्मा है।

विचार पर ही मत रुके रहो। चलो—और कुछ करो। हजार मील चलने के विचार करने से एक कदम चलना भी ज्यादा मूल्यवान है, क्योंकि वह कहीं पहुंचाता है।

प्रेम से बड़ी कोई शक्ति है?—नहीं। क्योंकि, जो प्रेम को उपलब्ध होता है, वह भय से मुक्त हो जाता है।

एक युवक अपनी नववधू के साथ समुद्र-यात्रा पर था। सूर्यास्त हुआ, रात्रि का घना अंधकार छा गया और फिर एकाएक जोरों का तूफान उठा। यात्री भय से व्याकुल हो उठे। प्राण संकट में थे और जहाज अब डूबा, तब डूबा होने लगा। किंतु, वह युवक जरा भी नहीं घबड़ाया। उसकी पत्नी ने आकुलता से पूछा: "तुम निश्चिंत क्यों बैठे हो? देखते नहीं कि जीवन के बचने की संभावना क्षीण होती जा रही है?" उस युवक ने अपनी म्यान से तलवार निकाली और पत्नी की गर्दन पर रखकर कहा: "क्या तुम्हें डर लगता है? क्या मेरी तलवार से तुम्हारे प्राण संकट में नहीं हैं?" वह युवती हंसने लगी और बोली: "तुमने यह कैसा ढोंग रचा? तुम्हारे हाथ में तलवार हो तो मुझे भय कैसा!" वह युवक बोला: "परमात्मा के होने की जब से मुझे गंध मिली, तब से ऐसा ही भाव मेरा उसके प्रति भी है। प्रेम है, तो भय रह ही नहीं जाता है।"

प्रेम अभय है। अप्रेम भय है। जिसे भय से ऊपर उठना हो, उसे समस्त के प्रति प्रेम से भर जाना होगा। चेतना के इस द्वार से प्रेम भीतर आता है, तो उस द्वार से भय बाहर हो जाता है।

64

जीवन या तो वासना के पीछे चलता है या विवेक के। वासना तृप्ति का आश्वासन देती है, लेकिन और अतृप्ति में ले जाती है। इसलिए, उसके अनुसरण के लिए आंखों का बंद होना आवश्यक है। जो आंखें खोलकर चलता है, वह विवेक को उपलब्ध हो जाता है। और, विवेक की अग्नि में समस्त अतृप्ति वैसे ही वाष्पीभूत हो जाती है, जैसे सूर्य के उत्ताप में ओसकण।

एक प्राणि-वैज्ञानिक डाक्टर फेबरे ने किसी जाति विशेष के कीड़ों को उल्लेख किया है, जो कि सदा अपने नेता कीड़े का अनुगमन करते हैं। उसने एक बार इन कीड़ों के समूह को एक गोल थाली में रख दिया। उन्होंने चलना शुरू किया और फिर वे चलते गये–एक ही वृत्त में वे चक्कर काट रहे थे। मार्ग गोल था और इसलिये उसका कोई अंत नहीं था। किंतु, उन्हें इसका पता नहीं था और वे उस समय तक चलते ही रहे, तब तक कि थक कर गिर नहीं गये। उनकी मृत्यु ही

केवल उन्हें रोक सकी। इसके पूर्व वे नहीं जान सके कि जिस मार्ग पर वे हैं, वह मार्ग नहीं, चक्कर है। मार्ग नहीं पहुंचाता है। और, जो चक्कर है, वह केवल घुमाता है, पहुंचाता नहीं। मैं देखता हूं, तो यही स्थिति मनुष्य की भी पाता हूं। वह भी चलता ही जाता है, और नहीं विचार करता कि जिस मार्ग पर वह है, वह कहीं कोल्हू का चक्कर ही तो नहीं? वासनाओं का पथ गोल है। हम फिर उन्हीं-उन्हीं वासनाओं पर वापस आ जाते हैं। इसलिये ही वासनाएं दुष्पूर हैं। उन पर चलकर कोई कभी कहीं पहुंच नहीं सकता है। उस मार्ग में परितृप्ति असंभव है। लेकिन, बहुत कम ऐसे भाग्यशाली हैं, जो कि मृत्यु के पूर्व इस अज्ञानपूर्ण और व्यर्थ के भ्रमण से जाग जाते हैं।

मैं जिन्हें वासनाओं के मार्ग पर देखता हूं, उनके लिये मेरे हृदय में आंसू भर आते हैं। क्योंकि, वे एक ऐसी राह पर हैं, जो कि कहीं पहुंचाती नहीं। उसमें वे पायेंगे कि उन्होंने स्वप्न मृगों के पीछे सारा जीवन खो दिया है। मुहम्मद ने कहा है: "उस आदमी से बढ़कर रास्ते से भटका हुआ कौन है, जो कि वासनाओं के पीछे चलता है।"

65

किसी ने पूछा: "महत्वाकांक्षा के संबंध में आपके क्या विचार हैं?" मैंने कहा: "बहुत कम लोग हैं, जो कि सचमुच महत्वाकांक्षी होते हैं। क्षुद्र से तृप्त हो जाने वाले महत्वाकांक्षी नहीं हैं। विराट को जो चाहते हैं, वे ही महत्वाकांक्षी हैं। और फिर, हम सोचते हैं कि महत्वाकांक्षा अशुभ है। मैं कहता हूं, नहीं। वास्तविक महत्वाकांक्षा बुरी नहीं है, क्योंकि वही मनुष्य को प्रभु की ओर ले जाती है।"

बहुत दिन हुए एक युवक से मैंने कहा था: "जीवन को लक्ष्य दो और हृदय को महत्वाकांक्षा। ऊंचाइयों के स्वप्नों से स्वयं को भर लो। बिना एक लक्ष्य के तुम व्यक्ति नहीं बन सकोगे, क्योंकि उसके अभाव में तुम्हारे भीतर एकता पैदा नहीं होगी और तुम्हारी शक्तियां बिखरी रहेंगी। अपनी सारी शक्तियों को इकट्ठा कर जो किसी लक्ष्य के प्रति समर्पित हो जाता है, वही केवल व्यक्तित्व को उपलब्ध होता है। शेष सारे लोग तो अराजक भीड़ों की भांति होते हैं। उनके अंतस के स्वर स्व-विरोधी होते हैं और उनके जीवन से कभी कोई

संगीत पैदा नहीं हो पाता। और, जो स्वयं में ही संगीत न हो, उसे न शांति मिलती है और न शक्ति। शांति और शक्ति एक ही सत्य के दो नाम हैं।"

वह पूछने लगा: "यह कैसे होगा?" मैंने कहा: "जमीन में दबे हुए बीज को देखो। वह किस भांति सारी शक्तियों को इकट्ठा कर भूमि के ऊपर उठता है! सूर्य के दर्शन की उसकी प्यास ही उसे अंकुर बनाती है। उस प्रबल इच्छा से ही वह स्वयं को तोड़ता है और क्षुद्र के बाहर आता है। वैसे ही बनो। बीज की भांति ही बनो। विराट को पाने को प्यासे हो जाओ और फिर सारी शक्तियों को इकट्ठा कर ऊपर की ओर उठो। और, फिर एक क्षण आता है कि व्यक्ति स्वयं को तोड़कर, स्वयं को पा लेता है।"

जीवन के चरम लक्ष्य को—स्वयं को और सत्य को पाने को—जो स्मरण रखता है, वह कुछ भी पाकर तृप्त नहीं होता। ऐसी अतृप्ति सौभाग्य है, क्योंकि उससे गुजरकर ही कोई परम तृप्ति के राज्य को पाता है।

जीवन के तथाकथित सुखों की क्षणभंगुरता को देखो। उसका दर्शन ही, उनसे मुक्ति बन जाता है।

किसी ने कोई लोक कथा सुनाई थी :

"एक चिड़िया आकाश में मंडरा रही थी। उसके ऊपर ही दूर पर चमकता हुआ एक शुभ्र बादल था। उसने अपने आपसे कहा: 'मैं उड़ूं और उसे शुभ्र बादल को छूऊं।' ऐसा विचार कर उस बादल को लक्ष्य बनाकर, वह चिड़िया अपनी पूरी शक्ति से उस दिशा में उड़ी। लेकिन, वह बादल कभी पूर्व में और कभी पश्चिम में चला जाता। कभी वह अचानक रुक जाता और चक्कर पर चक्कर खाने लगता। फिर वह अपने आपको फैलाने लगा। वह चिड़िया उस तक पहुंच भी नहीं पायी कि अचानक वह छंट गया और नजरों से बिलकुल ओझल हो गया। उस चिड़िया ने अथक प्रयत्न से वहां पहुंच कर पाया कि वहां तो कुछ भी नहीं है। यह देखकर उस चिड़िया ने स्वयं से कहा: "मैं भूल में पड़ गई। क्षणभंगुर बादलों को नहीं, लक्ष्य तो पर्वत की उन गर्वीली चोटियों को ही बनाना चाहिये जो कि अनादि और अनंत हैं।' "

कितनी सत्य यह कथा है? और हममें से कितने हैं, जो कि क्षणभंगुर बादलों को जीवन का लक्ष्य बनाने के भ्रम में नहीं पड़ जाते हैं? लेकिन, देखो निकट ही अनादि और अनंत वे पर्वत भी हैं, जिन्हें जीवन का लक्ष्य बनाने से ही कृतार्थता और धन्यता उपलब्ध होती है।

रवीन्द्रनाथ ने कहीं कहा है: "वर्षा बिंदु ने चमेली के कान में कहा, 'प्रिय, मुझे सदा अपने हृदय में रखना।' और, चमेली कुछ कह भी नहीं पाई कि भूमि पर जा पड़ी।"

67

रात्रि एक वृद्ध व्यक्ति मिलने आये थे। उनका हृदय जीवन के प्रति शिकायतों ही शिकायतों से भरा हुआ था। मैंने उनसे कहा: "जीवन-पथ पर कांटे हैं—यह सच है। लेकिन, वे केवल उन्हें ही दिखाई पड़ते हैं, जो कि फूलों को नहीं देख पाते। फूलों को देखना जिसे आता है, उसके लिये कांटे भी फूल बन जाते हैं।"

फरीदुद्दीन अत्तार अकसर लोगों से कहा करता था कि "ऐ खुदा के बंदो, जीवन की राह में अगर कभी कोई कडुवी बात हो जावे, तो उस प्यारे गुलाम को याद करना।" लोग पूछते: "कौन-सा गुलाम?" तो वह निम्न कहानी कहा करता: "किसी राजा ने अपने एक गुलाम को एक अत्यंत दुर्लभ और सुंदर फल दिया था। गुलाम ने उसे चखा और कहा कि फल तो बहुत मीठा है। ऐसा फल ने तो उसने कभी देखा ही था, न चखा ही। राजा का मन भी ललचाया। उसने गुलाम से कहा कि एक टुकड़ा काट कर मुझे भी दो। लेकिन, गुलाम फल का एक टुकड़ा देने में भी संकोच कर रहा है,

यह देख राजा का लालच और भी बढ़ा। अंततः गुलाम को फल का टुकड़ा देना ही पड़ा। पर जब टुकड़ा राजा ने मुंह में रखा तो पाया कि फल तो बेहद कड़ुआ है। उसने विस्मय के साथ गुलाम की ओर देखा! गुलाम ने उत्तर दियाः 'मेरे मालिक, आपसे मुझे कितने ही कीमती तोहफे मिलते रहे हैं। उनकी मिठास इस छोटे से फल की कड़वाहट को मिटा देने के लिए क्या काफी नहीं है? क्या इस छोटी-सी बात के लिये मैं शिकायत करूं और दुखी होऊं? आपके मुझ पर इतने असंख्य उपकार हैं कि इस छोटी-सी कड़वाहट का विचार भी करना कृतघ्नता है।"

जीवन का स्वाद बहुत कुछ उसे हमारे देखने के ढंग पर निर्भर करता है। कोई चाहे तो दो अंधकारपूर्ण रातों के बीच एक छोटे से दिन को देख सकता है। और, चाहे तो दो प्रकाशोज्ज्वल दिनों के बीच एक छोटी-सी रात्रि को। पहली दृष्टि में वह छोटा-सा दिन भी अंधकारपूर्ण हो जाता है और दूसरी दृष्टि में रात्रि भी रात्रि नहीं रह जाती है।

68

आदर्श-विहीन जीवन कैसा है?—उस नाव की भांति जिसमें मल्लाह न हो या कि हो तो सोया हो। और यह स्मरण रहे कि जीवन के सागर पर तूफान सदा ही बने रहते हैं। आदर्श न हो तो जीवन की नौका को डूबने के सिवाय और कोई विकल्प ही नहीं रह जाता है।

श्वाइत्जर ने कहा है: "आदर्शों की ताकत मापी नहीं जा सकती। पानी की बूंद में हमें कुछ भी ताकत दिखाई नहीं देती। लेकिन उसे किसी चट्टान की दरार में जमकर बर्फ बन जाने दीजिये, तो वह चट्टान को फोड़ देगी। इस जरा-से परिवर्तन से बूंद को कुछ हो जाता है और उसमें प्रसुप्त शक्ति सक्रिय और परिणामकारी हो उठती है। ठीक यही बात आदर्शों की है। जब तक वे विचार रूप बने रहते हैं, उनकी

शक्ति परिणामकारी नहीं होती। लेकिन जब वे किसी के व्यक्तित्व और आचरण में ठोस रूप लेते हैं, तब उनसे विराट शक्ति और महत परिणाम उत्पन्न होते हैं।"

आदर्श—अंधकार से सूर्य की ओर उठने की आकांक्षा है। जो उस आकांक्षा से पीड़ित नहीं होता है, वह अंधकार में ही पड़ा रह जाता है।

लेकिन, आदर्श आकांक्षा मात्र ही नहीं है। वह संकल्प भी है। क्योंकि, जिन आकांक्षाओं के पीछे संकल्प का बल नहीं, उनका होना या न होना बराबर ही है।

और, आदर्श संकल्प मात्र भी नहीं है, वरन उसके लिये सतत श्रम भी है। क्योंकि, सतत श्रम के अभाव में कोई बीज कभी वृक्ष नहीं बनता है।

मैंने सुना है: "जिस आदर्श में व्यवहार का प्रयत्न न हो, वह फिजूल है। और, जो व्यवहार आदर्श प्रेरित न हो वह भयंकर है।"

69

मनुष्य का मन ही सब-कुछ है। यह मन सब-कुछ जानना चाहता है। लेकिन, ज्ञान केवल उन्हें ही उपलब्ध होता है, जो कि इस मन को ही जान लेते हैं।

कोई पूछता था: "सत्य को पाने के लिये मैं क्या

करूं?"

मैंने कहा: "स्वयं की सत्ता में प्रवेश करो। और यह होगा चित्त की जड़ को पकड़ने से। उसके शाखा-पल्लवों की चिंता व्यर्थ है। चित्त की जड़ को पकड़ने के लिये आंखों को बंद करो और शांति से विचारों के निरीक्षण में उतरो। किसी एक विचार को लो और उसके जन्म से मृत्यु तक का निरीक्षण करो।" लुक्वान यु ने कहा है: "विचार को ऐसे पकड़ो, जैसे कि कोई बिल्ली चूहे की प्रतीक्षा करती और झपटती है।" यह बिलकुल ठीक कहा है। बिल्ली की भांति ही तीव्रता, उत्कटता और सजगता से प्रतीक्षा करो। एक पलक भी बेहोशी में ने झपे और फिर जैसे ही कोई विचार उठे, झपटकर पकड़ लो। फिर उसका सम्यक निरीक्षण करो। वह कहां से पैदा हुआ और कहां अंत होता है—यह देखो। और, यह देखते-देखते ही तुम पाओगे कि वह तो पानी के बबूले की भांति विलीन हो गया है या कि स्वप्न की भांति तिरोहित। ऐसे ही क्रमशः जो विचार आवें, उनके साथ भी तुम्हारा यही व्यवहार हो। इसे व्यवहार से विचार का आगमन क्षीण होता है और निरंतर इस भांति उन पर आक्रमण करने से वे आते ही नहीं हैं। विचार न हों, तो मंन बिलकुल शांत हो जाता है। और, जहां मन शांत है, वहीं मन की जड़ है। इस जड़ को जो पकड़ लेता है, उसका स्वयं में प्रवेश होता है। स्वयं में प्रवेश पा लेना ही सत्य को पा लेना है।

सत्य जानने वाले में ही छिपा है। शेष कुछ भी जानने से वह नहीं उघड़ता। ज्ञाता को ही जो जान लेते हैं, ज्ञान उन्हें ही मिलता है। ज्ञेय के पीछे मत भागो। ज्ञान चाहिए तो ज्ञाता के भी पीछे चलना आवश्यक है।

सत्य की खोज में स्वयं को बदलना होगा। वह खोज कम, आत्मपरिवर्तन ही ज्यादा है। जो उसके लिये पूर्णरूपेण तैयार हो जाते हैं, सत्य स्वयं उन्हें खोजता आ जाता है।

मैंने सुना है कि फकीर इब्राहिम उनके जीवन में घटी एक घटना कहा करते थे। साधु होने के पूर्व वे बल्ख के राजा थे। एक बार जब वे आधी रात को अपने पलंग पर सोये हुए थे, तो उन्होंने सुना कि महल के छप्पर पर कोई चल रहा है। वे हैरान हुए और उन्होंने जोर से पूछा कि ऊपर कौन है? उत्तर आया कि कोई शत्रु नहीं। दुबारा उन्होंने पूछा कि वहां क्या कर रहे हो? उत्तर आया कि ऊंट खो गया है, उसे खोजता हूं। इब्राहिम को बहुत आश्चर्य हुआ और उस अज्ञात व्यक्ति की मूर्खता पर हंसी भी आई। वे बोले: "अट्टालिका के छप्पर पर ऊंट खो जाने और खोजने की बात तो बड़ी ही विचित्र है। मित्र, तुम्हारा मस्तिष्क तो ठीक है?" उत्तर में वह अज्ञात व्यक्ति भी बहुत हंसने लगा और बोला: "हे निर्बोध, तू जिस चित्त दशा में ईश्वर को खोज रहा है, क्या वह अट्टालिका के छप्पर पर ऊंट खोजने से भी ज्यादा विचित्र नहीं है?"

रोज ऐसे लोगों को जानने का मुझे अवसर मिलता है, जो स्वयं को बदले बिना ईश्वर को पाना चाहते हैं। ऐसा होना बिलकुल ही असंभव है। ईश्वर कोई बाह्य सत्य नहीं है। वह तो स्वयं के ही परिष्कार की अंतिम चेतना-अवस्था है। उसे पाने का अर्थ स्वयं वही हो जाने के अतिरिक्त और कुछ नहीं है।

71

एक गांव में गया था। किसी ने पूछा कि आप क्या सिखाते हैं? मैंने कहा: "मैं स्वप्न सिखाता हूं।" जो मनुष्य सागर के दूसरे तट के स्वप्न नहीं देखता है, वह कभी इस तट से अपनी नौका को छोड़ने में समर्थ नहीं होगा। स्वप्न ही अनंत सागर में जाने का साहस देते हैं।

कुछ युवक आये थे। मैंने उनसे कहा: "आजीविका ही नहीं, जीवन के लिये भी सोचो। सामयिक ही नहीं, शाश्वत भी कुछ है। उसे जो नहीं देखता है, वह असार में ही जीवन को खो देता है।" वे कहने लगे: "ऐसी बातों के लिये पास में समय कहां? फिर, ये सब—सत्य और शाश्वत की बातें स्वप्न ही तो मालूम होती हैं?" मैंने सुना और कहा: "मित्रो, आज के स्वप्न ही कल के सत्य बन जाते हैं। स्वप्नों से डरो मत और स्वप्न कहकर कभी उनकी उपेक्षा मत करना।

क्योंकि, ऐसा कोई भी सत्य नहीं है, जिसका जन्म कभी न कभी स्वप्न की भांति न हुआ हो। स्वप्न के ही रूप में सत्य पैदा होता है। और वे लोग धन्य हैं जो कि घाटियों में रहकर पर्वत शिखरों के स्वप्न देख-पाते हैं, क्योंकि वे स्वप्न ही उन्हें आकांक्षा देंगे और वे स्वप्न ही उन्हें ऊंचाइयां छूने के संकल्प और शक्ति से भरेंगे। इस बात पर मनन करना। किसी एकांत क्षण में रुककर इस पर विमर्श करना। और यह भी देखना कि आज ही केवल हमारे हाथों में है—अभी के क्षण पर केवल हमारा अधिकार है। और समझना कि जीवन का प्रत्येक क्षण बहुत संभावनाओं से गर्भित है, और यह कभी पुनः वापस नहीं लौटता है। यह कहना कि 'स्वप्नों के लिये हमारे पास कोई समय नहीं बहुत आत्म-घातक है। क्योंकि, इसके कारण तुम व्यर्थ ही अपने पैरों को अपने हाथों ही बांध लोगे। इस भाव से तुम्हारा चित्त एक सीमा में बंध जावेगा और तुम उस अदभुत स्वतंत्रता को खो दोगे, जो कि स्वप्न देखने में अंतर्निहित होती है। और यह भी तो सोचो कि तुम्हारे समय का कितना अधिक हिस्सा ऐसे प्रयासों में व्यय हो रहा है, जो कि बिलकुल ही व्यर्थ हैं और जिनसे कोई भी परिणाम आने को नहीं है? क्षुद्रतम बातों पर लड़ने, अहंकार से उत्पन्न वाद-विवादों को करने, निंदाओं और आलोचनाओं में—कितना समय तुम नहीं खो रहे हो? और, शक्ति और समय अपव्यय के ऐसे बहुत से मार्ग हैं। यह बहुमूल्य समय ही जीवन-शिक्षण—चिंतन, मनन और निदिध्यासन में परिणत किया जा सकता है। इससे ही वे फूल उगाये जा सकते हैं, जिनकी सुगंध अलौकिक होती है और उस संगीत को सुना जा सकता है, जो कि इस जगत को नहीं है।"

अपने स्वप्नों का निरीक्षण करो और उनका विश्लेषण करो। क्योंकि, कल तुम जो बनोगे और होओगे, उस सबकी भविष्यवाणी अवश्य ही उनमें छिपी होगी।

अहंकार एकमात्र जटिलता है। जिन्हें सरल होना है, उन्हें इस सत्य को अनुभव करना होगा। उसकी अनुभूति होते ही सरलता वैसे ही आती है, जैसे कि हमारे पीछे हमारी छाया।

एक संन्यासी का आगमन हुआ था। वे मुझे मिलने आये थे, तो कहते थे कि उन्होंने अपनी सब आवश्यकताएं कम कर ली हैं। और, उन्हें और भी कम करने में लगे हैं। जब उन्होंने यह कहा, तो उनकी आंखों में उपलब्धि का—कुछ पाने का, कुछ होने का वही भाव देखा जो कि कुछ दिन पहले एक युवक की आंखों में किसी पद पर पहुंच जाने से देखा था। उसी भाव को धनलोलुप धन पाने पर स्वयं में पाता है। वासना का कोई भी रूप परितृप्ति को निकट जान आंखों में उस चमक को डाल देता है। यह चमक अहंकार ही है। और, स्मरण रहे कि ऊपर से आवश्यकताएं कम कर लेना ही सरल जीवन को पाने के लिये पर्याप्त नहीं है। भीतर अहंकार कम हो, तो ही सरल जीवन के आधार रखे जाते हैं। वस्तुतः

अहंकार जितना शून्य हो, आवश्यकताएं अपने आप ही उतनी सरल हो जाती हैं। जो इसके विपरीत करता है, वह आवश्यकताएं तो कम कर लेगा, लेकिन उसका अहंकार बढ़ जायेगा और परिणाम में सरलता नहीं और भी आंतरिक जटिलता उसमें पैदा होगी। उस भांति जटिलता मिटती नहीं, केवल एक नया रूप और वेश ले लेती है। अहंकार कुछ भी पाने की दौड़ से तृप्त होता है। 'और अधिक' की उपलब्धि ही उसका प्राणरस है। जो वस्तुओं के संग्रह में लगे हैं, वे भी 'और अधिक' से पीड़ित होते हैं और जो उन्हें छोड़ने में लगते हैं, वे भी उसी 'और अधिक' की दासता करते हैं। अंततः, ये दोनों ही दुख और विषाद को उपलब्ध होते हैं, क्योंकि अहंकार अत्यंत रिक्तता है। उसे तो किसी भी भांति भरा नहीं जा सकता। इस सत्य को जानकर, जो उसे भरना ही छोड़ देते हैं, वे ही वास्तविक सरलता और अपरिग्रह को पाते हैं।

अपरिग्रह को ऊपर से साधना घातक है। अहंकार भीतर न हो, तो बाहर, परिग्रह नहीं रह जाता है। लेकिन, इस भूल में कोई न पड़े कि बाहर परिग्रह न हो, तो भीतर अहंकार न रहेगा। परिग्रह अहंकार का नहीं—अहंकार ही परिग्रह का मूल कारण है।

73

जीवन में सत्य, शिव और सुंदर के थोड़े से बीज बोओ। यह मत सोचना कि बीज थोड़े से हैं, तो उनसे क्या होगा! क्योंकि, एक बीज अपने में हजारों बीज छिपाये हुए है। सदा स्मरण रखना कि एक बीज से पूरा उपवन पैदा हो सकता है।

आज किसी से कहा है:

"मैंने बहुत थोड़ा-सा समय देकर ही बहुत कुछ जाना है। थोड़े से क्षण मन की मुक्ति के लिये दिये और एक अलौकिक स्वतंत्रता को अनुभव किया। फूलों, झरनों और चांद-तारों के सौंदर्य-अनुभव में थोड़े-से क्षण बिताये और न केवल सौंदर्य को जाना, बल्कि स्वयं को सुंदर होता हुआ भी अनुभव किया। शुभ के लिये थोड़े-से क्षण दिये और जो आनंद पाया, उसे कहना कठिन है। तब से मैं कहने लगा कि प्रभु को तो सहज ही पाया जा सकता है। लेकिन, हम उसकी ओर कुछ

भी कदम उठाने को भी तैयार न हों तो दुर्भाग्य ही है।

"स्वयं की शक्ति और समय का थोड़ा अंश सत्य के लिये, शांति के लिये, सौंदर्य के लिये, शुभ के लिये दो और फिर तुम देखोगे कि जीवन की ऊंचाइयां तुम्हारे निकट आती जा रही हैं। और, एक बिलकुल अभिनव जगत अपने द्वार खोल रहा है, जिसमें कि बहुत आध्यात्मिक शक्तियां अंतर्गर्भित हैं। सत्य और शांति की जो आकांक्षा करता है, वह क्रमशः पाता है कि सत्य और शांति उसके होते जा रहे हैं। और, जो सौंदर्य और शुभ की ओर अनुप्रेरित होता है, वह पाता है कि उनको जन्म स्वयं उसके ही भीतर हो रहा है।"

सुबह उठकर आकांक्षा करो कि आज का दिवस सत्य, शिव और सुंदर की दिशा में कोई फल ला सके। और, रात्रि देखो कि कल से तुम जीवन की ऊंचाइयों के ज्यादा निकट हुए हो या नहीं। गहरी आकांक्षा स्वयं में परिवर्तन लाती है और स्वयं का निरीक्षण परिवर्तन के लिये गहरी आकांक्षा पैदा करता है।

जिसे प्रभु को पाना है, उसे प्रतिक्षण उठते बैठते भी स्मरण रखना चाहिए कि वह जो कर रहा है, वह कहीं प्रभु को पाने के मार्ग में बाधा तो नहीं बन जायेगा?

एक कहानी है। किसी सर्कस में एक बूढ़ा कलाकार है, जो लकड़ी के तख्ते के सामने अपनी पत्नी को खड़ाकर उस पर छुरे फेंकता है। हर बार छुरा पत्नी के कंठ, कंधे, बांह या पांवों को बिलकुल छूता हुआ लकड़ी में धंस जाता है। आधा इंच इधर-उधर कि उसके प्राण गये। इस खेल को दिखाते-दिखाते उसे तीस साल हो गये हैं। वह अपनी पत्नी से ऊब गया है और उसके दुष्ट और झगड़ालू स्वभाव के कारण उसके प्रति क्रमशः उसके मन में बहुत घृणा इकट्ठी हो गई है। एक दिन उसके व्यवहार से उसका मन इतना विषाक्त है कि वह उसकी हत्या के लिये निशाना लगाकर छुरा मारता है। उसने निशाना साध लिया है—ठीक हृदय, और एक ही बार में सब समाप्त हो जायेगा—फिर, वह पूरी ताकत से छुरा फेंकता है। क्रोध और आवेश में उसकी आंखें बंद हो जाती हैं। वह बंद आंखों में ही देखता है कि छुरा छाती में छिद गया है और खून के फव्वारे फूट पड़े हैं। उसकी पत्नी एक आह भरकर गिर पड़ी है। वह डरते-डरते आंखें खोलता है। पर, पाता है कि पत्नी तो अछूती खड़ी मुस्कुरा रही है। छुरा सदा की भांति बदन को छूता हुआ निकल गया है। वह शेष छुरे भी ऐसे ही फेंकता है—क्रोध में, प्रतिशोध में, हत्या के लिये—लेकिन हर बार छुरे सदा की भांति ही तख्ते में छिद जाते हैं। वह अपने हाथों की ओर देखता है—असफलता में उसकी आंखों में आंसू आ जाते हैं और वह सोचता है कि इन हाथों को क्या हो गया है? उसे पता

नहीं है कि वे इतने अभ्यस्त हो गये हैं कि अपनी ही कला के सामने पराजित हैं।

हम भी ऐसे ही अभ्यस्त हो जाते हैं—असत के लिये, अशुभ के लिये और तब चाहकर भी शुभ और सुंदर का जन्म मुश्किल हो जाता है। अपने ही हाथों से हम स्वयं को रोज जकड़ते जाते हैं। और जितनी हमारी जकड़न होती है, उतना ही संत्य दूर हो जाता है।

हमारा प्रत्येक भाव, विचार और कर्म हमें निर्मित करती है। उन सबका समग्र जोड़ ही हमारा होना है। इसलिए, जिसे सत्य के शिखर छूना है, उसे ध्यान देना होगा कि वह अपने साथ ऐसे पत्थर तो नहीं बांध रहा है, जो कि जीवन को ऊपर नहीं, नीचे ले जाते हैं।

75

जीवन का पथ अंधकारपूर्ण है। लेकिन, स्मरण रहे कि इस अंधकार में दूसरों का प्रकाश काम में नहीं आ सकता। प्रकाश अपना ही हो, तो ही साथी है। जो दूसरों के प्रकाश पर विश्वास कर लेते हैं, वे धोखे में पड़ जाते हैं।

मैंने सुना है :

एक आचार्य ने अपने शिष्य को कहा : "ज्ञान को उपलब्ध करो। उसके अतिरिक्त कोई मार्ग नहीं है।" वह शिष्य बोला : "मैं तो आचार साधना में संलग्न है। क्या आचार को पा लेने पर भी ज्ञान की आवश्यकता है?"

आचार्य ने कहा: "प्रिय! क्या तुमने हाथी की चर्या देखी है? वह सरोवर में स्नान करता है और बाहर आते ही अपने शरीर पर धूल फेंकने लगता है। अज्ञानी भी ऐसा ही करते हैं। ज्ञान के अभाव में आचार की पवित्रता को ज्यादा देर नहीं साधा रखा जा सकता है।" तब शिष्य ने नम्र भाव से निवेदन किया: "भगवन, रोगी तो वैद्य के पास ही जाता है, स्वयं चिकित्साशास्त्र के ज्ञान को पाने के चक्कर में नहीं पड़ता। आप मेरे मार्ग-दर्शक हैं। यह मैं जानता हूं कि आप मुझे अधम मार्ग में नहीं जाने देंगे। तब फिर मुझे स्वयं के ज्ञान की क्या आवश्यकता है?" यह सुन आचार्य ने बहुत गंभीरता से एक कथा कही थी: "एक वृद्ध ब्राह्मण था। वह अंधा हो गया, तो उसके पुत्रों ने उसकी आंखों की शल्य चिकित्सा करवानी चाही। लेकिन उसने अस्वीकार कर दिया। वह बोला: 'मुझे आंखों की क्या आवश्यकता? तुम आठ मेरे पुत्र हो, आठ कुलबधुएं हैं, तुम्हारी मां है, ऐसे चौतीस आंखें मुझे प्राप्त हैं, फिर दो नहीं हैं, तो क्या हुआ?' पिता ने पुत्रों की सलाह नहीं मानी। फिर एक रात्रि अचानक घर में आग लग गई। सभी अपने-अपने प्राण लेकर बाहर भागे। वृद्ध की याद किसी को भी न रही। वह अग्नि में ही भस्म हो गया। इसलिये, वत्स, अज्ञान का आग्रह मत करो। ज्ञान स्वयं का चक्षु है। उसके अतिरिक्त और कोई शरण नहीं है।"

सत्य न तो शास्त्रों से मिल सकता है और न शास्ताओं से। उसे पाने का द्वार तो स्वयं में ही है। स्वयं में जो खोजते हैं, केवल वे ही उसे पाते हैं। स्वयं पर श्रद्धा ही असहाय मनुष्य का एकमात्र संबल है।

76

सत्य की एक किरण मात्र को खोज लो, फिर वह किरण ही तुम्हें आमूल बदल देगी। जो उसकी एक झलक भी पा लेते हैं, वे फिर अपरिहार्यरूप से एक बड़ी क्रांति से गुजरते हैं।

गुस्ताव मेयरिन्क ने एक संस्मरण लिखा है। उनके किसी चीनी मित्र ने एक अत्यंत कलात्मक और सुंदर पेटी उपहार में भेजी। किंतु, साथ में यह आग्रह भी किया कि उसे कक्ष में पूर्व-पश्चिम दिशा में ही रखा जावे, क्योंकि उसका निर्माण ऐसा किया गया है कि वह पूर्वोन्मुख होकर ही सर्वाधिक सुंदर होती है। मेयरिन्क ने इस आग्रह को आदर दिया और कम्पास से देखकर उस पेटी को मेज पर पूर्व-पश्चिम जमाया। लेकिन वह कमरे की दूसरी चीजों के साथ ठीक नहीं जमी। पूरा कमरा ही बेमेल दीखने लगा। तब और चीजों को भी बदलना पड़ा। मेज भी बाद में और चीजों से संगत दीखे इसलिए पूर्व-पश्चिम जमानी पड़ी। इस भांति पूरा कक्ष ही पुनः आयोजित हुआ और समय के साथ ही

उससे संगति बैठाने को पूरा मकान ही बदल गया। यहां तक कि मकान के बाहर की बगिया तक में उसके कारण परिवर्तन हो गये! यह घटना बहुत अर्थपूर्ण है। जीवन में भी यही होता है—सत्य या सुंदर या शुभ की एक अनुभूति ही सब-कुछ बदल देती है, फिर उसके अनुसार ही स्वयं को रूपांतरित होना पड़ता है।

अपने जीवन का एक अंश भी यदि शांत और सुंदर बनाने में कोई सफल हो जावे, तो वह शीघ्र ही पूरे जीवन को ही दूसरा होता हुआ अनुभव करेगा। क्योंकि, तब उसका ही श्रेष्ठतर अंश अश्रेष्ठ को बदलने में लग जाता है। श्रेष्ठ अश्रेष्ठ को बदलता है—और, स्मरण रहे कि सत्य की एक बूंद भी असत्य के पूरे सागर से ज्यादा शक्तिशाली होती है।

शरीर को ही जो स्वयं का होना मान लेता है, मृत्यु उसे ही भयभीत करती है। स्वयं में थोड़ा ही गहरा प्रवेश, उस भूमि पर खड़ा कर देता है, जहां कि कोई भी मृत्यु नहीं है। उस अमृत-भूमि को जानकर ही जीवन का ज्ञान होता है।

एक बार ऐसा हुआ कि एक युवा संन्यासी के शरीर पर कोई राजकुमारी मोहित हो गई। सम्राट ने उस भिक्षु को राजकुमारी से विवाह करने को कहा। भिक्षु बोला: "मैं तो हूं ही नहीं, विवाह कौन करेगा?" सम्राट ने इसे अपमान मान उसे तलवार से मार डाले जाने का आदेश दिया। वह संन्यासी बोला: "मेरे प्रिय, शरीर से आरंभ से ही मेरा कोई संबंध नहीं रहा है। आप भ्रम में हैं। आपकी तलवार जो अलग ही हैं, उन्हें और क्या अलग करेगी? मैं तैयार हूं, और आपकी तलवार मेरे तथाकथित सिर को उसी प्रकार काटने के लिये आमंत्रित है, जैसे यह वसंत-वायु पेड़ों से उनके फूलों को गिरा रही है।" सच ही उस समय वसंत था और वृक्षों से फूल गिर रहे थे। सम्राट ने उन गिरते फूलों को देखा और उस युवा भिक्षु के सम्मुख उपस्थित मृत्यु को जानते हुए भी उसकी आनंदित आंखों को। उसने एक क्षण सोचा और कहा: "जो मृत्यु से भयभीत नहीं है, और जो मृत्यु को भी जीवन की भांति ही स्वीकार करता है, उसे मारना व्यर्थ है। उसे तो मृत्यु भी नहीं मार सकती है।"

वह जीवन नहीं है, जिसका कि अंत आ जाता है। अग्नि जिसे जला दे और मृत्यु जिसे मिटा दे, वह जीवन नहीं है। जो उसे जीवन मान लेते हैं, वे जीवन को जान ही नहीं पाते। वे तो मृत्यु में ही जीते हैं और इसीलिये मृत्यु की भीति उन्हें

सताती है। जीवन को जानने और उपलब्ध होने का लक्षण: —मृत्यु से अभय है।

'जीवन में सबसे बड़ा रहस्य सूत्र क्या है?' जब कोई मुझसे यह पूछता है, तो मैं कहता हूं: "जीते जी मर जाना।"

किसी सम्राट ने एक युवक की असाधारण सेवाओं और वीरता से प्रसन्न होकर उसे सम्मानित करना चाहा। उस राज्य का जो सबसे बड़ा सम्मान और पद था, वह उसे देने की घोषणा की गई। लेकिन, ज्ञात हुआ कि वह युवक इससे प्रसन्न और संतुष्ट नहीं है। सम्राट ने उसे बुलाया और कहा: "क्या चाहते हो? तुम जो भी चाहो, मैं उसे देने को तैयार हूं? तुम्हारी सेवाएं निश्चय ही सभी पुरस्कारों से बड़ी हैं।" वह युवक बोला "महाराज, बहुत छोटी-सी मेरी मांग है। उसके लिये ही प्रार्थना करता हूं। धन मुझे नहीं चाहिए—न ही पद, न सम्मान, न प्रतिष्ठा। मैं चित्त की शांति चाहता हूं।" राजा ने सुना तो थोड़ी देर को तो वह चुप ही रह गया। फिर बोला: "जो मेरे पास ही नहीं, उसे मैं कैसे दे सकता हूं? चित्त की शांति—वह संपदा तो मेरे पास ही नहीं है।" फिर, वह सम्राट उस व्यक्ति को पहाड़ों में निवास करने वाले एक शांति को उपलब्ध साधु के पास लेकर स्वयं ही गया। उस व्यक्ति ने जाकर अपनी प्रार्थना साधु के समक्ष निवेदित की। वह साधु अलौकिक रूप से शांत और आनंदित था। लेकिन, सम्राट ने देखा कि उस युवक की प्रार्थना सुनकर वह भी वैसा ही मौन रह गया है, जैसा कि स्वयं सम्राट रह गया था! सम्राट ने संन्यासी से कहा: "मेरी भी प्रार्थना है, इस युवक को शांति दें। राजा की ओर से अपनी सेवाओं और समर्पण के लिये यही पुरस्कार उसने चाहा है। मैं तो स्वयं ही शांत नहीं हूं, इसलिये शांति कैसे दे सकता था? सो इसे आपके पास लेकर आया हूं।" वह संन्यासी बोला: "राजन शांति

ऐसी संपदा नहीं है, जो कि किसी दूसरे से ली-दी जा सके। उसे तो स्वयं ही पाना होता है। जो दूसरों से मिल जावे, वह दूसरों से छीनी भी जा सकती है। अंततः मृत्यु तो उसे निश्चय ही छीन लेती है। जो संपत्ति किसी और से नहीं, स्वयं से ही पाई जाती है, उसे ही मृत्यु छीनने में असमर्थ है। शांति मृत्यु से बड़ी है, इसीलिये उसे और कोई नहीं दे सकता है।"

एक संन्यासी ने ही यह कहानी मुझे सुनाई थी। सुनकर मैंने कहा था: "निश्चय ही मृत्यु शांति को नहीं छीन सकती है। क्योंकि, जो मृत्यु के पहले ही मरना जान लेते हैं, वे ही ऐसी शांति को उपलब्ध कर पाते हैं।"

क्या तुम्हें मृत्यु का अनुभव है? यदि नहीं, तो तुम मृत्यु के चंगुल में हो। मृत्यु के हाथों में स्वयं को सदा अनुभव करने से जो छटपटाहट होती है, वही अशांति है। लेकिन, मित्र, मृत्यु के पहले ही मरने का भी उपाय है। जो ऐसे जीने लगता है कि जैसे जीवित होते हुए भी जीवित न हो, वह मृत्यु को जान लेता है और जानकर मृत्यु के पार हो जाता है।

शब्दों या शास्त्रों की सीमा में सत्य नहीं है। असल में जहां सीमा है, वहां सत्य नहीं है। सत्य तो असीम है। उसे जानने को बुद्धि और विचार की परिधि को तोड़ना आवश्यक है। असीम होकर ही असीम को जाना जाता है। विचार के घेरे से मुक्त होते ही चेतना असीम हो जाती है। वैसे ही जैसे कोई मिट्टी के घड़े को फोड़ दे, तो उसके भीतर का आकाश असीम आकाश से एक हो जाता है।

सूर्य आकाश के मध्य में आ गया था। एक सुंदर हंस एक सागर से दूसरे सागर को उड़ा जा रहा था। लंबी यात्रा और धूप की थकान से वह भूमि पर उतरकर एक कुएं की पाट पर विश्राम करने लगा। वह बैठ भी नहीं पाया था कि कुएं के भीतर से एक मेंढक की आवाज आयी: "मित्र, तुम कौन हो और कहां से आये हो?" वह हंस बोला: "मैं एक अत्यंत दरिद्र हंस हूं और सागर पर मेरा निवास है।" मेंढक का सागर से परिचित व्यक्ति से यह पहला ही मिलन था। वह पूछने लगा: "सागर कितना बड़ा है?" हंस ने कहा: "असीम।" इस पर मेंढक ने पानी में एक छलांग लगाई और पूछा: "क्या इतना बड़ा?" वह हंस हंसने लगा और बोला: "प्यारे मेंढक, नहीं। सागर इससे अनंत गुना बड़ा है।" इस बार मेंढक ने और भी बड़ी छलांग लगायी और पूछा: "क्या इतना बड़ा?" उत्तर फिर भी नकारात्मक पाकर मेंढक ने कुएं की पूर्ण परिधि में कूदकर चक्कर लगाया और पूछा: "अब तो ठीक है! सागर इससे बड़ा और क्या होगा?" उसकी आंखों में विश्वास की झलक थी और इस बार उत्तर के नकारात्मक होने की उसे कोई आशा नहीं थी। लेकिन, उस हंस ने पुनः कहा : "नहीं मित्र ! नहीं। तुम्हारे कुएं से सागर को

मापने का कोई उपाय नहीं है। इस पर, मेंढक तिरस्कार से हंसने लगा और बोला: "महानुभाव, असत्य की भी सीमा होती है? मेरे संसार से बड़ा सागर कभी भी नहीं हो सकता!"

मैं सत्य के खोजियों से क्या कहता हूं? कहता हूं: "सत्य के सागर को जानना है, तो अपनी बुद्धि के कुओं से बाहर आ जाओ। बुद्धि से सत्य को पाने की कोई उपाय नहीं। वह अमाप है। उसे तो वही पाता है, जो स्वयं के सब बांध तोड़ देता है। उनके कारण ही बाधा है। उनके मिटते ही सत्य जाना ही नहीं जाता, वरन उससे ऐक्य हो जाता है। उससे एक हो जाना ही उसे जानना है।"

80

क्या तुम मनुष्य हो? प्रेम में तुम्हारी जितनी गहराई हो, मनुष्यता में उतनी ही ऊंचाई होगी। और, परिग्रह में जितनी ऊंचाई हो, मनुष्यता में उतनी ही नीचाई होगी। प्रेम और परिग्रह जीवन की दो दिशाएं हैं। प्रेम पूर्ण हो, तो परिग्रह शून्य हो जाता है। और, जिनके चित्त परिग्रह से घिरे रहते हैं, प्रेम वहां आवास नहीं करता है।

एक साम्राज्ञी ने अपनी मृत्यु उपरांत उसके कब्र के पत्थर पर निम्न पंक्तियां लिखने का आदेश दिया था: "इस कब्र में अपार धनराशि गड़ी हुई है। जो व्यक्ति अत्यधिक निर्धन और अशक्त हो, वह उसे खोदकर प्राप्त कर सकता है।"

उस कब्र के पास से हजारों दरिद्र और भिखमंगे निकले, लेकिन उनमें से कोई भी इतना दरिद्र नहीं था कि धन के लिये किसी मरे हुए व्यक्ति की कब्र खोदे। एक अत्यंत बूढ़ा और दरिद्र भिखमंगा तो उस कब्र के पास ही वर्षों से रह रहा था और उधर से निकलने वाले प्रत्येक दरिद्र व्यक्ति को उस पत्थर की ओर इशारा कर देता था।

फिर, अंततः वह व्यक्ति भी आ पहुंचा, जिसकी दरिद्रता इतनी थी कि वह उस कब्र को खोदे बिना नहीं रह सका। वह व्यक्ति कौन था? वह स्वयं एक सम्राट था और उसने उस कब्र वाले देश को अभी-अभी जीता था; उसने आते ही कब्र को खोदने का कार्य शुरू कर दिया। उसने थोड़ा भी समय खोना ठीक नहीं समझा। पर उस कब्र में उसे क्या मिला? अपार धनराशि की जगह मिला मात्र एक पत्थर, जिस पर खुदा हुआ था: "मित्र, क्या तू मनुष्य है?"

निश्चय ही जो मनुष्य है, वह मृतकों को सताने को कैसे तैयार हो सकता है। लेकिन जो धन के लिये जीवितों को भी

मृत बनाने को सहर्ष तैयार हो, उसे इससे क्या फर्क पड़ता है?

वह सम्राट जब निराश और अपमानित हो उस कब्र से लौटता था तो उस कब्र के वासी बूढ़े भिखमंगे को लोगों ने जोर से हंसते देखा था। वह भिखमंगा कह रहा था: "मैं कितने वर्षों से प्रतीक्षा करता था, अंततः आज पृथ्वी पर जो दरिद्रतम निर्धन और सर्वाधिक अशक्त व्यक्ति है, उसका भी दर्शन हो गया।"

प्रेम जिस हृदय में नहीं है, वही दरिद्र है, वही दीन है, वही अशक्त है। प्रेम शक्ति है, प्रेम संपदा है, प्रेम प्रभुता है। प्रेम के अतिरिक्त जो किसी और संपदा को खोजता है, एक दिन उसकी ही संपदा उससे पूछती है: "क्या तू मनुष्य है?"

81

'मैं जगत में हूं और जगत में नहीं भी हूं'–ऐसा जब कोई अनुभव कर पाता है, तभी जीवन का रहस्य उसे ज्ञात होता है। जगत में दिखाई पड़ना एक बात है, जगत में होना बिलकुल दूसरी। जगत में दिखाई पड़ना शारीरिक घटना है, जगत में होना आत्मिक दुर्घटना। जब-तक जीवन है, तब तक शरीर जगत में होगा ही। लेकिन, जिसे 'उस' जीवन को जानना हो—जिसका कि कोई अंत नहीं आता है—उसे स्वयं को जगत के बाहर कर लेना होता है।

एक संन्यासी ने सुना कि देश का सम्राट परम ज्ञान को उपलब्ध हो गया है। उस संन्यासी के आश्चर्य का ठिकाना न रहा। क्या यह संभव है कि जिसने कुछ भी नहीं त्यागा है, वह परमात्मा को पा सके? वह संन्यासी राजधानी पहुंचा और राजा का अतिथि बना। उसने राजा को बहुमूल्य वस्त्र पहने देखा, स्वर्ण पात्रों में स्वादिष्ट भोजन करते देखा—रात्रि में संगीत और नृत्य का आनंद लेते हुए भी। उसका संदेह अनंत होता जा रहा था। वह तो सर्वथा स्तब्ध ही हो गया था।

रात्रि किसी भांति बीती। संन्यासी संदेह और चिंता से सो भी नहीं सका। सुबह ही राजा ने नदी पर स्नान करने के लिए उसे आमंत्रित किया। राजा और संन्यासी नदी में उतरे। वे स्नान करते ही थे कि अचानक उस शांत, निस्तब्ध वातावरण को एक तीव्र कोलाहल ने भर दिया। आग, आग, आग! नदी तट पर खड़ा राजमहल धू-धूकर जल रहा था और उसकी लपटें तेजी से घाट की ओर बढ़ रही थीं। संन्यासी ने स्वयं को अपना कौपीन बचाने के लिए सीढ़ियों की ओर भागते हुए पाया। उसे स्मरण ही न रहा कि साथ में सम्राट भी है। लेकिन लौटकर देखा, तो पाया कि राजा जल में ही खड़े हैं और कह रहे हैं: "हे मुनि, यदि समस्त राज्य भी जल जावे, तो भी मेरा कुछ भी नहीं जलता है।"

सम्राट थे जनक और मुनि थे शुकदेव।

लोग मुझसे पूछते हैं: योग क्या है? मैं उनसे कहता हूं: अस्पर्श भाव। ऐसे जीओ कि जैसे तुम जहां हो, वहां नहीं हो। चेतना बाह्य से अस्पर्शित हो, तो स्वयं में प्रतिष्ठित हो जाती है।

स्मरण रहे कि तुम्हारे पास क्या है, उससे नहीं—वरन तुम क्या हो, उससे ही तुम्हारी पहचान है। वही, तुम्हारी संपदा है, वही तुम हो। जो उसे सम्हाल लेता है, वह सब सम्हाल लेता है।

एक बूढे अंधे फकीर की कहानी है, जो कि राजपथ के मध्य में खड़ा था और देश के राजा की सवारी निकल रही थी। सबसे पहले वे सैनिक आये, जो कि सवारी के आगे मार्ग को निर्विघ्न कर रहे थे। उन्होंने उस बूढ़े को धक्का दिया और कहा: "मूर्ख, मार्ग से हट। अंधे! दिखता नहीं कि राजा की सवारी आ रही है?" वह बूढ़ा हंसा और बोला: "इसी कारण?" लेकिन वह उसी जगह खड़ा रहा। और तब, घुड़सवार सैनिक आये। उन्होंने कहा: "मार्ग से हट जाओ, सवारी आ रही है।" वह बूढ़ा वहीं खड़ा रहा और बोला:

"इसी कारण?" फिर राजा के मंत्री आये। उन्होंने उस फकीर से कुछ भी नहीं कहा और वे उसे बचाकर अपने घोड़ों को ले गये। वह फकीर पुनः बोला: "इसी कारण?" और तब, राजा की सवारी आई। वह नीचे उतरा और उसने उस बूढ़े के पैर छुये। वह फकीर हंसने लगा और बोला: "क्या राजा आ गया? इसी कारण?" फिर सवारी निकल गई। लेकिन, जिन लोगों ने उस बूढ़े फकीर का हंसना और बार-बार 'इसी कारण' कहना सुना था, उन्होंने उससे उसका कारण पूछा। वह बोला: "जो जो है, वह अपने आचरण के कारण वैसा है।"

मैं क्या सोचता हूं, क्या बोलता हूं, क्या करता हूं—उस सब ही में 'मैं' प्रगट होता है। स्वयं के इन प्रकाशनों को जो सतत देखता और निरीक्षण करता है, वह क्रमशः ऊपर से ऊपर उठता जाता है। क्योंकि, कौन है, जो कि जानकर भी नीचे रहना चाहता है?

जीवन का तनाव और द्वंद्व 'मैं' और 'न-मैं' के विरोध से पैदा होता है। यही मूल चिंता और दुख है। जो इस द्वंद्व को पार कर लेता है, वह प्रभु में प्रविष्ट हो जाता है।

एक युवक ने पूछा: "परमात्मा को पाने के लिये मैं क्या करूं?" मैंने कहा: " 'मैं' को शून्य कर लो या पूर्ण कर लो।"

वह कुछ समझा नहीं और एक कहानी उससे कहनी पड़ी: किसी समय दो फकीरों का मिलन हुआ। उन दोनों के सैकड़ों शिष्य भी उनके साथ थे। और यह भी सर्वविदित था कि उनके विचार बिलकुल विरोधी हैं। पहले फकीर ने दूसरे से पूछा: "मित्र, जीवन भर की खोज में क्या तुमने पाया? जहां तक मेरा सवाल है, मैंने तो 'मैं' को खो दिया है। वह धीरे-धीरे हारता गया और अब बिलकुल मिट गया है। उसकी अब कोई रेखा भी बाकी नहीं है। 'मैं' नहीं, अब तो 'वही' है। सब है—लेकिन, "मैं नहीं हूं। सब 'उसकी' ही मर्जी है। और, 'उसकी' धारा में मात्र बहे जाना—न-कुछ होकर मात्र जीये जाना—कैसा आनंद है! जो पाना था, वह मैंने पा लिया और जो होना था, वह मैं हो गया हूं। ओह! 'मैं' के मिट जाने में कितनी शक्ति है, कितनी शांति और कितना सौंदर्य है।" यह सुनकर दूसरा बोला: "मित्र, मैं तो 'मैं हो गया हूं। मैं ही हूँ अब, और कुछ भी नहीं है। सब कुछ मैं ही हूं। 'मैं' के बाहर जो है, वह नहीं ही है। अहं ब्रह्मास्मि। चांद और तारे 'मैं' ही चलाता हूं; मैं ही सृष्टि को बनाता और मिटाता हूं। सृष्टि का यह सारा खेल मेरा ही संकल्प है। और मित्र, 'मैं' की इस विजय में कितना आनंद है, कितनी शांति है, कितना सौंदर्य है।"

उन दोनों के शिष्य इन बातों को सुन बहुत हैरानी में पड़

गये। और उस समय तो उनकी उलझन का ठिकाना न रहा, जब विदा होते वे दोनों फकीर एक दूसरे को बांहों में लेकर कह रहे थे: "हम दोनों के अनुभव बिलकुल समान हैं। कितने विरोधी मार्गों से चलकर हम एक ही सत्य पर पहुंच गये हैं।"

'मैं' शून्य हो, तो पूर्ण हो जाता है। या कि 'मैं' पूर्ण हो, तो शून्य हो जाता है। शून्य और पूर्ण एक ही हैं। जो शून्य से चलता है, वह निर्वाण पर पहुंचता है। और, जो पूर्ण से चलता है, वह ब्रह्म पर। लेकिन, निर्वाण और ब्रह्म क्या एक ही अवस्था के दो नाम नहीं हैं?

परमात्मा के नाम पर कल्पनाएं सिखाई जाती हैं। जबकि, सत्य के दर्शन कल्पनाओं से नहीं, वरन सब कल्पनाओं को छोड़ देने पर ही होते हैं। जो कल्पना में है, वह स्वप्न में है। वह वही देख रहा है, जो कि देखना चाहता है—वह नहीं, 'जो कि है'।

एक सूफी साधु को किसी विद्यालय में ले जाया गया। उस विद्यालय में बालकों को एकाग्रता का विशेष अभ्यास कराया जाता था। कोई दस-बारह बच्चे उसके सामने लाये गये और उनमें से प्रत्येक को एक खाली सफेद परदे पर ध्यान एकाग्र करने को कहा गया और कहा गया कि मन की सारी शक्ति को इकट्ठा कर वे देखें कि उन्हें वहां क्या दिखाई पड़ता है। एक छोटा-सा बच्चा देखता रहा—देखता रहा—देखता रहा और फिर बोला: "गुलाब का फूल।" उसकी आंखों से ही लगता था कि वह गुलाब के फूल को देख रहा है। किसी दूसरे ने कुछ और कहा, तीसरे ने कुछ और। वे अपनी ही कल्पनाओं को देख रहे थे। और, कितने ऐसे बूढ़े हैं, जो कि उन बच्चों की भांति ही अपनी कल्पनाओं को नहीं देखते रहते हैं? कल्पना के जो ऊपर नहीं उठता, वह असल में अप्रौढ़ ही बना रहता है। प्रौढ़ता कल्पनामुक्त दर्शन से ही उपलब्ध होती है। फिर, एक बच्चे ने बहुत देर देखने के बाद कहा: "कुछ भी नहीं। मुझे तो कुछ भी दिखाई नहीं पड़ता?" उसे फिर से देखने को कहा गया। किंतु, वह पुनः बोला: "क्षमा करें। कुछ है ही नहीं, तो मैं क्या करूं!" उसके अध्यापकों ने उसे निराशा से दूर हटा दिया और कहा कि उसमें एकाग्रता की शक्ति नहीं है। वे उनसे प्रसन्न थे, जिन्हें कुछ दिखाई पड़ रहा था। जब कि, जो उनकी दृष्टि में

असफल था, वही सत्य के ज्यादा निकट था। उसे, जो दिखाई पड़ रहा था, वही दिखाई पड़ रहा था।

सत्य मनुष्य की कल्पना नहीं है—न ही परमात्मा। कल्पना से जो देखता है, वह असत्य देखता है। कल्पना का नाम ध्यान नहीं है। वह तो ध्यान के बिलकुल ही विपरीत स्थिति है। कल्पना जहां शून्य होती है, ध्यान वहीं प्रारंभ होता है। और, कल्पना में नहीं, कल्पना-शून्य ध्यान में जो जाना जाता है, वही सत्य है।

85

मैं किसी गांव में गया। वहीं कुछ लोग पूछते थे: "क्या ईश्वर है? हम उसके दर्शन करना चाहते हैं। मैंने उनसे कहा: "ईश्वर ही ईश्वर है—सभी कुछ वही है। लेकिन, जो 'मैं' से भरे हैं, वे उसे नहीं जान सकते। उसे जानने की शर्त, स्वयं को खोना है।"

एक राजा ने परमात्मा को खोजना चाहा। वह किसी आश्रम में गया। उस आश्रम के प्रधान साधु ने कहा: "जो तुम्हारे पास है, उसे छोड़ दो। परमात्मा को पाना तो बहुत सरल है।" वह राजा सब कुछ छोड़ कर पहुंचा। उसने राज्य का परित्याग कर दिया और सारी संपत्ति दरिद्रों को बांट दी। वह बिलकुल भिखारी होकर आया था। लेकिन, साधु ने उसे देखते ही कहा: "मित्र, तुम सभी कुछ साथ ले आये हो?" राजा कुछ भी समझ नहीं सका। साधु ने आश्रम के सारे कूड़े-करकट को फेंकने का काम उसे सौंपा। आश्रमवासियों को यह बहुत कठोर प्रतीत हुआ, लेकिन, यह साधु बोला: "सत्य को पाने के लिये वह अभी तैयार नहीं है और तैयार होना तो बहुत आवश्यक है।" कुछ दिनों बाद आश्रमवासियों द्वारा राजा को उस कठोर कार्य से मुक्ति दिलाने की पुनः प्रार्थना करने पर प्रधान ने कहा: "परीक्षा ले लें।" फिर, दूसरे दिन जब राजा कचरे की टोकरी सिर पर लेकर गांव के बाहर फेंकने जा रहा था, तो कोई व्यक्ति राह में उससे टकरा गया। राजा ने टकराने वाले से कही: "महानुभाव! पंद्रह दिन पहले आप इतने अंधे नहीं हो सकते थे!" साधु ने यह प्रतिक्रिया जानकर कहा: "क्या मैंने नहीं कहा था कि अभी समय नहीं आया है? वह अभी भी वही है। कुछ दिनों बाद पुनः कोई राजा से टकरा गया। इस बार राजा ने आंखें उठाकर

उसे देखा भर, कहा कुछ भी नहीं। किंतु आंखों ने भी जो कहना था, कह ही दिया! साधु ने सुना तो वह बोला: "संपत्ति को छोड़ना कितना आसान, स्वयं को छोड़ना कितना कठिन है।" फिर, तीसरी बार वही घटना हुई। राजा ने राह पर बिखर गये कचरे को इकट्ठा किया और अपने मार्ग पर चला गया, जैसे कि कुछ हुआ ही न हो! उस दिन वह साधु बोला: "वह अब तैयार है। जो मिटने को राजी हो, वही प्रभु को पाने का अधिकारी होता है।"

सत्य की आकांक्षा है, तो स्वयं को छोड़ दो। 'मैं' से बड़ा और कोई असत्य नहीं। उसे छोड़ना ही संन्यास है। संसार नहीं, 'मैं' छोड़ना है। क्योंकि, वस्तुतः मैं-भाव ही संसार है।

86

कोई पूछता था: 'भय क्या है?' मैंने कहा: अज्ञान। स्वयं को न जानना ही भय है। क्योंकि, जो स्वयं को नहीं जानता, वह केवल मृत्यु को ही जानता है। जहां आत्म-बोध है, वहां जीवन ही जीवन है—परमात्मा ही परमात्मा है! और, परमात्मा में होना ही अभय में होना है। उसके पूर्व सब अभय मिथ्या है।

सूर्य ढलने को है और मुहम्मद अपने किसी साथी के साथ एक चट्टान के पीछे छिपे हुए हैं। शत्रु उनका पीछा कर रहे हैं और उनका जीवन संकट में है। शत्रु की सेनाओं की आवाज प्रतिक्षण निकट आती जा रही है। उनके साथी ने कहा: "अब मृत्यु निश्चित है, वे बहुत हैं और हम दो ही हैं!" उसकी घबराहट, चिंता और मृत्यु-भय स्वाभाविक ही है। शायद, जीवन थोड़ी देर का ही और है। लेकिन, उसकी बात सुन मुहम्मद हंसने लगे और उन्होंने कहा: "दो? क्या हम दो

ही हैं? नहीं—दो नहीं, तीन—मैं, तुम और परमात्मा।" मुहम्मद की आंखें शांत हैं और उनके हृदय में कोई भय नहीं है, क्योंकि जिन आंखों में परमात्मा हो, उनमें मृत्यु वैसे ही नहीं होती है—जैसे कि जहां प्रकाश होता है, वहां अंधकार नहीं होता है।

निश्चय ही यदि आत्मा है—परमात्मा है, तो मृत्यु नहीं है। क्योंकि, परमात्मा में तो केवल जीवन ही हो सकता है।

और यदि परमात्मा नहीं है, तो जो भी है, सब मृत्यु ही है। क्योंकि, जड़ता और जीवन का क्या संबंध?

जीवन को जानते ही मृत्यु विलीन हो जाती है। जीवन का अज्ञान ही मृत्यु का भय है।

धर्म भय से ऊपर उठने का उपाय है। क्योंकि, धर्म जीवन को जोड़ने वाला सेतु है। जो धर्म को भय पर आधारित समझते हैं, वे या तो धर्म को समझते ही नहीं या फिर जिसे धर्म समझते हैं, वह धर्म नहीं है। भय ही अधर्म है। क्योंकि, जीवन को न जानने के अतिरिक्त और क्या अधर्म हो सकता है!

मैं क्या देखता हूं कि अधिक लोग वस्त्र ही वस्त्र हैं। उनमें वस्त्रों के अतिरिक्त जैसे कुछ भी नहीं। क्योंकि, जिसको स्वयं का ही बोध न हो, उसका होना न-होने के ही बराबर है। और, जो मात्र वस्त्र ही वस्त्र हैं, उन्हें क्या मैं जीवित कहूं! नहीं मित्र, वे मृत हैं और उनके वस्त्र उनकी कब्रें हैं।

एक अत्यंत सीधे और सरल व्यक्ति ने किसी साधु से पूछाः मृत्यु क्या है? और मैं कैसे जानूंगा कि मैं मर गया हूं?" उस साधु ने कहा : "मित्र, जब तेरे वस्त्र जीर्ण-शीर्ण हो जावें, तो समझना कि मृत्यु आ गई है।" उस दिन से वह व्यक्ति जो वस्त्र पहने था, उनकी देखभाल में ही लगा रहने लगा। उसने नहाना धोना भी बंद कर दिया, क्योंकि बार-बार उन वस्त्रों को निकालना और धोना उन्हें अपने ही हाथों क्षीणः करना था। उसकी चिंता ठीक ही थी, क्योंकि वस्त्र ही उसका जीवन जो थे!

लेकिन, वस्त्र तो वस्त्र हैं और एक दिन वे जीर्ण-शीर्ण हो ही गये। उन्हें नष्ट हुआ देख वह व्यक्ति असहाय हो रोने लगा, क्योंकि उसने जाना कि उसकी मृत्यु आ गई है।

उसे रोता देख लोगों ने पूछा कि क्या हुआ है। तो वह बोला : "मैं मर गया हूं, क्योंकि मेरे वस्त्र फट गये हैं।"

यह घटना कितनी असंभव और काल्पनिक मालूम होती है! लेकिन, मैं पूछता हूं कि क्या सभी मनुष्य ऐसे ही नहीं हैं? और क्या वे वस्त्रों के नष्ट होने को ही स्वयं का नष्ट होना नहीं समझ लेते हैं?

शरीर वस्त्रों के अतिरिक्त और क्या है! और, जो स्वयं को शरीर ही समझ लेता है, वह वस्त्रों को ही जीवन समझ

लेता है। फिर, इन वस्त्रों का फट जाना ही जीवन का अंत मालूम होता है। जबकि, जो जीवन है—उसका न आदि है, न अंत है।

शरीर का ही जन्म है, और शरीर की ही मृत्यु है। वह जो भीतर है, शरीर नहीं है। वह जीवन है। उसे जो नहीं जानता, वह जीवन में भी मृत्यु में है। और, जो उसे जान लेता है, वह मृत्यु में भी जीवन को पाता है।

88

किसी ने पूछा: "स्वर्ग और नरक क्या है?" मैंने कहा: "हम स्वयं।"

एक बार किसी शिष्य ने अपने गुरु से पूछा: "मैं जानना चाहता हूं कि स्वर्ग और नरक कैसे हैं?" उसके गुरु ने कहा: "आंखें बंद करो और देखो।" उसने आंखें बंद की और शांत शून्यता में चला गया। फिर, उसके गुरु ने कहा: "अब स्वर्ग देखो।" और थोड़ी ही देर बाद कहा: "अब नरक।" जब उस शिष्य ने आंखें खोली थीं, तो वे आश्चर्य से भरी हुई थीं। उसके गुरु ने पूछा: "क्या देखा?" वह बोला: "स्वर्ग में मैंने वह कुछ भी नहीं देखा, जिसकी कि लोग चर्चा करते हैं। न ही अमृत की नदियां थीं और न ही स्वर्ण के भवन थे—वहां तो कुछ भी नहीं था। और नरक में भी कुछ न था। न ही अग्नि की ज्वालाएं थीं और न ही पीड़ितों का रुदन। इसका कारण क्या है? क्या मैंने स्वर्ग नरक देखे या कि नहीं देखे।" उसका गुरु हंसने लगा और बोला: "निश्चिय ही तुमने स्वर्ग और नरक देखे हैं, लेकिन अमृत की नदियां और स्वर्ण के भवन या कि अग्नि की ज्वाला और पीड़ा का रुदन तुम्हें स्वयं ही वहां ले जाने होते हैं। वे वहां नहीं मिलते। जो हम अपने साथ ले जाते हैं, वहीं वहां हमें उपलब्ध हो जाता है। हम ही स्वर्ग हैं, हम ही नरक हैं।"

व्यक्ति जो अपने अंतस में होता है, उसे ही अपने बाहर भी पाता है। बाह्य, आंतरिक का ही प्रक्षेपण है। भीतर स्वर्ग हो, तो बाहर स्वर्ग है। और, भीतर नरक हो, तो बाहर नरक। स्वयं में ही सब कुछ छिपा है।

शास्त्र क्या कहते हैं, वह नहीं—प्रेम जो कहे, वही सत्य है। क्या प्रेम से भी बड़ा कोई शास्त्र है?

एक बार मोजेज किसी नदी के तट से निकलते थे। उन्होंने एक गड़रिये को स्वयं से बातें करते हुए सुना। वह गड़रिया कह रहा था: "ओ परमात्मा। मैंने तेरे संबंध में बहुत-सी बातें सुनी हैं। तू बहुत सुंदर है, बहुत प्रिय है, बहुत दयालु है—यदि कभी तू मेरे पास आया, तो मैं अपने स्वयं के कपड़े तुझे पहनाऊंगा और जंगली जानवरों से रात-दिन तेरी रक्षा करूंगा। रोज नदी में नहलाऊंगा और अच्छी से अच्छी चीजें खाने को दूंगा—दूध, रोटी और मक्खन। मैं तुझे इतना प्रेम करता हूं। परमात्मा! मुझे दर्शन दे। यदि एक भी बार मैं तुझे देख पाऊं, तो मैं अपना सब कुछ तुझे दे दूंगा।"

यह सब सुन मोजेज ने उस गड़रिये से कहा: "ओ

मूर्ख! यह सब क्या कह रहा है? ईश्वर जो कि सबका रक्षक है, उसकी तू रक्षा करेगा? उसे तू रोटी देगा और अपने गंदे वस्त्र पहनायेगा? उस पवित्रतम परमात्मा को तू नदी में नहलायेगा और सब-कुछ ही जिसका है, उसे तू अपना सब-कुछ देने का प्रलोभन दे रहा है?"

उस गड़रिये ने यह सब सुना, तो बहुत दुख और पश्चाताप से कांपने लगा। उसकी आंखें आंसुओं से भर गईं और वह परमात्मा से क्षमा मांगने को घुटने टेककर जमीन पर बैठ गया।

लेकिन, मोजेज कुछ ही कदम गये होंगे कि उन्होंने अपने हृदय की अंतरतम गहराई से यह आवाज आती हुई सुनी: "पागल! यह तूने क्या किया? मैंने तुझे भेजा है कि तू मेरे प्यारों को मेरे निकट ला, लेकिन तूने तो उल्टे ही एक प्यारे को दूर कर दिया है!"

'परमात्मा को कहां खोजें?" मैंने कहा: "प्रेम में। और प्रेम हो तो याद रखना कि वह पाषाण में भी है।"

90

आविष्कार! आविष्कार! आविष्कार!—कितने आविष्कार रोज हो रहे हैं? लेकिन जीवन संताप से संताप बनता जाता है। नरक को समझाने के लिये अब किन्हीं कल्पनाओं को करने की आवश्यकता नहीं। इस जगत को बतला कर कह देना ही काफी है: 'नरक ऐसा होता है। और, इसके पीछे कारण क्या है? कारण है कि मनुष्य स्वयं आविष्कृत होने से रह गया है।

मैं देख रहा हूं कि मनुष्य के लिये अंतरिक्ष के द्वार खुल गये हैं, और उसकी आकाश की सुदूरगामी यात्रा की तैयारी भी पूरी हो चुकी है। लेकिन, क्या आश्चर्यजनक नहीं है कि स्वयं के अंतस के द्वार ही उसके लिये बंद हो गये हैं।

उस यात्रा का खयाल ही उसे विस्मरण हो गया है, जो

कि वह अपने ही भीतर कर सकता है? मैं पूछता हूं कि यह पाना है या कि खोना? मनुष्य ने यदि स्वयं को खोकर शेष सब कुछ भी पा लिया, तो उसका क्या अर्थ है और क्या मूल्य है! समग्र ब्रह्माण्ड की विजय भी उसे छोटे से बिंदु को खोने का घाव नहीं भर सकती है, जो कि वह स्वयं है, जो कि उसकी निज सत्ता का केंद्र है।

रात्रि ही कोई पूछता था: "मैं क्या करूं और क्या पाऊं?" मैंने कहा: "स्वयं को पाओ। और जो भी करो, ध्यान रखो कि वह स्वयं के पाने में सहयोगी बने। स्वयं से जो दूर ले जावे, वही है अधर्म। और जो स्वयं में ले आवे, उसे ही मैंने धर्म जाना है।"

स्वयं के भीतर प्रकाश की छोटी-सी ज्योति भी हो, तो सारे संसार का अंधेरा पराजित हो जाता है। और, यदि स्वयं के केंद्र पर अंधकार हो, तो बाह्याकाश के करोड़ों सूर्य भी उसे नहीं मिटा पाते हैं।

मेरा संदेश छोटा-सा है—"प्रेम करो। सबको प्रेम करो। और ध्यान रहे कि इससे बड़ा कोई भी संदेश न है, न हो सकता है।"

मैंने सुना है:

एक संध्या किसी नगर से एक अर्थी निकलती थी। बहुत लोग उस अर्थी के साथ थे। और कोई राजा नहीं, बस एक भिखारी मर गया था। जिसके पास कुछ भी नहीं था, उसकी विदा में इतने लोगों को देख सभी आश्चर्य चकित थे। एक बड़े भवन की नौकरानी ने अपनी मालकिन को जाकर कहा कि किसी भिखारी की मृत्यु हो गई है और वह स्वर्ग गया है। मालकिन को मृतक के स्वर्ग जाने की इस अधिकारपूर्ण घोषणा पर हंसी आई और उसने पूछा: "क्या तूने उसे स्वर्ग में प्रवेश पाते देखा है?" वह नौकरानी बोली: "निश्चिय ही मालकिन ! यह अनुमान तो बिलकुल ही सहज है, क्योंकि जितने भी लोग उस अर्थी के साथ थे, वे सभी फूट-फूटकर रो रहे थे। क्या यह तय नहीं है कि मृतक जिनके बीच था, उन सब पर ही अपने प्रेम के चिह्न छोड़ गया है?"

प्रेम के चिह्न—मैं भी सोचता हूं, तो दीखता है कि प्रेम के चिह्न ही तो प्रभु के द्वार की सीढ़ियां हैं।

प्रेम के अतिरिक्त परमात्मा तक जाने वाला मार्ग ही कहां है?

परमात्मा को उपलब्ध हो जाने का इसके अतिरिक्त और क्या प्रमाण है कि हम इस पृथ्वी पर प्रेम को उपलब्ध हो गये थे?

पृथ्वी पर जो प्रेम है, परलोक में वही परमात्मा है।

प्रेम जोड़ता है, इसलिए प्रेम ही परम ज्ञान है। क्योंकि, जो तोड़ता है, वह ज्ञान ही कैसे होगा? जहां ज्ञाता से ज्ञेय पृथक है, वहीं अज्ञान है।

"मनुष्य शुभ है या अशुभ?" मैंने कहाः "स्वरूपतः शुभ। और, इस आशा और अपेक्षा को सबल होने दो। क्योंकि, जीवन में ऊर्ध्वगमन के लिए इससे अधिक महत्वपूर्ण और कुछ भी नहीं है।"

एक राजा की कथा है, जिसने कि अपने तीन दरबारियों को एक ही अपराध के लिये तीन प्रकार की सजाएं दी थीं। पहले को उसने कुछ वर्षों के लिए कारावास दिया, दूसरे को देश निकाला और तीसरे से मात्र इतना ही कहाः "मुझे आश्चर्य है—ऐसे कार्य की तुमसे मैंने कभी भी अपेक्षा नहीं की थी?"

और जानते हैं कि इन भिन्न सजाओं का परिणाम क्या हुआ?

पहला व्यक्ति दुखी हुआ और दूसरा व्यक्ति भी और तीसरा व्यक्ति भी। लेकिन, उनके दुख के कारण भिन्न थे। तीनों ही व्यक्ति अपमान और असम्मान के कारण दुखी थे। लेकिन, पहले और दूसरे व्यक्ति का अपमान दूसरों के समक्ष था, तीसरे का अपमान स्वयं के। और, यह भेद बहुत बड़ा है। पहले व्यक्ति ने थोड़े ही दिनों में कारागृह के लोगों से मैत्री कर ली और वहीं आनंद से रहने लगा। दूसरे व्यक्ति ने भी देश के बाहर जाकर बहुत बड़ा व्यापार कर लिया और धन कमाने में लग गया। लेकिन, तीसरा व्यक्ति क्या करता? उसका पश्चात्ताप गहरा था, क्योंकि वह स्वयं के समक्ष था। उससे शुभ की अपेक्षा की गई थी। उसे शुभ माना गया था। और यही बात उसे कांटे की भांति गड़ने लगी और यही चुभन उसे ऊपर भी उठाने लगी। उसका परिवर्तन प्रारंभ हो गया, क्योंकि जो उससे चाहा गया था, वह स्वयं भी

उसकी ही चाह से भर गया था।

शुभ पर आस्था, शुभ के जन्म का प्रारंभ है।

सत्य पर विश्वास, उसके अंकुरण के लिए वर्षा है।

और, सौंदर्य पर निष्ठा, सोये सौंदर्य को जगाने के लिए सूर्योदय है।

स्मरण रहे कि तुम्हारी आंखें किसी में अशुभ को स्वरूपतः स्वीकार न करें। क्योंकि, उस स्वीकृति से बड़ी अशुभ और कोई बात नहीं। क्योंकि, वह स्वीकृति ही उसमें अशुभ को थिर करने का कारण बन जावेगी। अशुभ किसी का स्वभाव नहीं है, वह दुर्घटना है। और, इसीलिए ही उसे देखकर व्यक्ति स्वयं के समक्ष ही अपमानित भी होता है। सूर्य बदलियों में छिप जाने से स्वयं बदलियां नहीं हो जाता है। बदलियों पर विश्वास न करना—किसी भी स्थिति में नहीं। सूर्य पर ध्यान हो, तो उसके उदय में शीघ्रता होती है।

93

धर्म में जो भय से प्रवेश करते हैं, वे भ्रम में ही रहते हैं कि उनका धर्मप्रवेश हुआ है। भय और धर्म का विरोध है। अभय के अतिरिक्त धर्म का और कोई द्वार नहीं है।

कोई पूछता था: "आप कहते हैं कि प्रभु भीतर है। पर मुझे तो कोई भी दिखाई नहीं पड़ता?" उससे मैंने कहा: "मित्र, तुम ठीक ही कहते हो। लेकिन उसका न दिखाई पड़ना, उसका न-होना नहीं है। बादल घिरे हों, तो सूर्य के दर्शन नहीं होते और आंखें बंद हों, तो भी उसका प्रकाश दिखाई नहीं पड़ता। मैं खुद हजारों आंखों में झांकता हूं और हजारों हृदयों में खोज करता हूं, तो मुझे वहां भय के अतिरिक्त और कुछ भी दिखाई नहीं पड़ता। और, स्मरण रहे कि जहां भय है, वहां भगवान का दर्शन नहीं हो सकता। भय काली बदलियों की भांति उस सूर्य को ढंके रहता है। और, भय का धुआं ही आंखों को भी नहीं खुलने देता। भगवान में जिसे प्रतिष्ठित होना हो, उसे भय को विसर्जित करना होगा। इसलिए, यदि उस परम सत्ता के दर्शन चाहते हो, तो समस्त भय को त्याग कर दो। भय से कंपित चित्त शांत नहीं हो पाता है, और इसलिए जो निकट ही है, जो कि तुम स्वयं ही हो, उसका भी दर्शन नहीं होता। भय कंपन है, अभय थिरता है। भय चंचलता है, अभय समाधि है।"

भय मन के लिये क्या करता है? वही जो अंधापन आंखों के लिये करता है। सत्य की खोज में भय को कोई स्थान नहीं। स्मरण रहे कि भगवान के भय को भी कोई स्थान नहीं है। भय तो भय है, इससे कोई भेद नहीं पड़ता कि वह किसका है। पूर्ण अभय सत्य के लिए आंखों को खोल देता है।

आदर्श को चुनने में कभी कंजूसी मत करना। वह तो ऊंचा से ऊंचा होना चाहिए। वस्तुतः तो परमात्मा से नीचे जो है, वह आदर्श ही नहीं है। आदर्श उसकी भविष्यवाणी है, जो कि अंततः तुम करके दिखा दोगे। वह तुम्हारे स्वरूप की परम अभिव्यक्ति की घोषणा है।

सुबह से सांझ तक बहुत लोग मेरे पास आते हैं। उनसे मैं पूछता हूं कि तुम्हारे प्राण कहां हैं? एकाएक वे समझ नहीं पाते। फिर, मैं उनसे कहता हूं कि प्रत्येक के प्राण उसके जीवनादर्श में होते हैं। वह जो होना चाहता है, जो पाना चाहता है, उसमें ही उसके प्राण होते हैं। और जो कुछ भी नहीं होना चाहता है, कुछ भी नहीं पाना चाहता है, वही निष्प्राण है। यह हमारे हाथों में है कि हम अपने प्राण कहां रखें। जो जितनी ऊंचाइयों या निचाइयों पर उन्हें रखता है, उतनी ही ऊर्ध्वमुखी या अधोगामी उसकी जीवनधारा हो जाती है। प्राण जहां होते हैं, आंखें वहीं लगी रहती हैं और

श्वास-प्रश्वास में स्मृति उसी ओर दौड़ती रहती है। और, स्मृति जिस दिशा में दौड़ती है, क्रमशः विचार उसी पथ पर बीजारोपित होने लगते हैं। विचार आचार के बीज हैं। आज जो विचार है, कल वही अनुकूल अवसर पाकर, अंकुरित हो, आचार बन जाता है। इसलिए, जीवन में सर्वाधिक महत्वपूर्ण है—अपने प्राणों को रखने के लिये सम्यक स्थल चुनना। जो इस चुनाव के बिना चलते हैं, वे उन नावों की भांति हैं, जो सागर में छोड़ दी गई हैं, लेकिन जिन्हें गंतव्य का कोई बोध नहीं। ऐसी नावें निकलने के पहले ही डूबी समझी जानी चाहिए। जो अविवेक और प्रमाद में बहते रहते हैं, उनके प्राण उनकी दैहिक वासनाओं में ही केंद्रित हो जाते हैं। ऐसे मनुष्य, शरीर के ऊपर और किसी सत्य से परिचित नहीं हो पाते। वे उस परमनिधि से वंचित ही रह जाते हैं, जो कि उनके ही भीतर छिपी हुई थी।

अविवेक और प्रमाद से जागकर आंखें खोलो और उन हिमाच्छादित जीवन शिखरों को देखो, जो कि सूर्य के प्रकाश में चमक रहे हैं और तुम्हें अपनी ओर बुला रहे हैं। यदि तुम अपने हृदय में उन तक पहुंचने की आकांक्षा को जन्म दे सको, तो वे जरा भी दूर नहीं हैं।

95

सत्य के संबंध में विवाद सुनता हूं तो आश्चर्य होता है। निश्चय ही जो विवाद में हैं, वे अज्ञान में होंगे। क्योंकि, ज्ञान तो निर्विवाद है। ज्ञान का कोई पक्ष नहीं है। सभी पक्ष अज्ञान के हैं। ज्ञान तो निष्पक्ष है। फिर, जो विवादग्रस्त विचारधाराओं और पक्षपातों में पड़ जाते हैं, वे स्वयं अपने ही हाथों सत्य के और स्वयं के बीच दीवारें खड़ी कर लेते हैं। मेरी सलाह है: विचारों को छोड़ो और निर्विचार हो रहो। पक्षों को छोड़ो और निष्पक्ष हो जाओ। क्योंकि, इसी भांति वह प्रकाश उपलब्ध होता है, जो कि सत्य को उदघाटित करता है।

एक अंधकारपूर्ण गृह में एक बिलकुल नये और अपरिचित जानवर को लाया गया था। उसे देखने को बहुत से लोग उस अंधेरे में जा रहे थे। चूंकि घने अंधकार के कारण आंखों से देखना संभव नहीं था, इसलिये प्रत्येक उसे हाथों से स्पर्श करके ही देख रहा था। एक व्यक्ति ने कहा: "राजमहल के खंभों की भांति है यह जानवर।" और किसी दूसरे ने कहा: "नहीं, एक बड़े पंखे की भांति।" और तीसरे ने कुछ और कहा और चौथे ने कुछ और। वहां जितने व्यक्ति थे, उतने ही मत भी हो गये। उनमें तीव्र विवाद और विरोध हो गया। सत्य तो एक था। लेकिन, मत अनेक थे। उस अंधकार में एक हाथी बंधा हुआ था। प्रत्येक ने उसके जिस अंग को स्पर्श किया था, उसे ही वह सत्य मान रहा था। काश! उनमें से प्रत्येक के हाथ में एक-एक दीया रहा होता, तो न तो कोई विवाद पैदा होता, न कोई विरोध ही। उनकी कठिनाई क्या थी? प्रकाश का अभाव ही उनकी कठिनाई थी। वही कठिनाई हम सबकी भी है। जीवन सत्य को समाधि

के प्रकाश में ही जाना जा सकता है। जो विचार से उसका स्पर्श करते हैं, वे निर्विवाद सत्य को नहीं, मात्र विवादग्रस्त मतों को ही उपलब्ध हो पाते हैं।

सत्य को जानना है, तो सिद्धांतों को नहीं, प्रकाश को खोजना आवश्यक है। प्रश्न विचारों का नहीं, प्रकाश का ही है। और प्रकाश प्रत्येक के भीतर है। जो व्यक्ति विचारों की आंधियों से स्वयं को मुक्त कर लेता है, वह उस चिन्मय-ज्योति को पा लेता है, जो कि सदा-सदा से उसके भीतर ही जल रही है।

मैं लोगों को भय से कांपते देखता हूं। उनका पूरा जीवन ही भय के नारकीय कंपन में बीत जाता है, क्योंकि वे केवल उस संपत्ति को ही जानते हैं, जो कि उनके बाहर है। बाहर की संपत्ति जितनी बढ़ती है, उतना ही भय बढ़ जाता है—जब कि लोग भय को मिटाने को ही बाहर की संपत्ति के पीछे दौड़ते हैं। काश! उन्हें ज्ञात हो सके कि एक और संपदा भी है, जो कि प्रत्येक के भीतर है। और, जो उसे जान लेता है, वह अभय हो जाता है।

अमावस की संध्या थी। सूर्य पश्चिम में ढल रहा था और शीघ्र ही रात्रि का अंधकार उतर आने को था।

एक वृद्ध संन्यासी अपने एक युवा शिष्य के साथ वन से निकलते थे। अंधेरे को उतरते देख उन्होंने युवक से पूछा: "रात्रि होने को है, बीहड़ वन है। आगे मार्ग में कोई भय तो नहीं है?"

इस प्रश्न को सुन युवा संन्यासी बहुत हैरान हुआ। संन्यासी को भय कैसा? भय बाहर तो होता नहीं, उसकी जड़ें तो निश्चय ही कहीं भीतर होती हैं!

संध्या ढले, वृद्ध संन्यासी ने अपना झोला युवक को दिया और वे शौच को चले गये। झोला देते समय भी वे चिंतित और भयभीत मालूम हो रहे थे। उनके जाते ही युवक ने झोला देखा, तो उसमें एक सोने की ईंट थी! उसकी समस्या समाप्त हो गई। उसे भय का कारण मिल गया था! वृद्ध ने आते ही शीघ्र झोला अपने हाथ में ले लिया और उन्होंने पुनः यात्रा आरंभ कर दी। रात्रि जब और भी सघन हो गई और निर्जन वन-पथ पर अंधकार ही अंधकार शेष रह गया, तो वृद्ध ने पुनः वही प्रश्न पूछा। उसे सुनकर युवक

हंसने लगा और बोला: "आप अब निर्भय हो जावें। हम भय के बाहर आ गये हैं!" वृद्ध ने साश्चर्य युवक को देखा और कहा: "अभी वन कहां समाप्त हुआ है?" युवक ने कहा: "वन तो नहीं भय समाप्त हो गया है। उसे मैं पीछे कुएं में फेंक आया हूं!" यह सुन वृद्ध ने घबड़ाकर अपना झोला देखा। वहां तो सोने की जगह पत्थर की एक ईंट रखी थी। एक क्षण को तो उसे अपने हृदय की गति ही बंद होती प्रतीत हुई। लेकिन, दूसरे ही क्षण वह जाग गया और वह अमावस की रात्रि उसके लिये पूर्णिमा की रात्रि बन गई! आंखों में आ गये इस आलोक से आनंदित हो, वह नाचने लगा। एक अदभुत सत्य का उसे दर्शन हो गया था। उस रात्रि फिर वे उसी वन में सो गये थे। लेकिन, अब वहां न तो अंधकार था, न ही भय था!

संपत्ति और संपत्ति में भेद है। वह संपत्ति जो बाह्य संग्रह से उपलब्ध होती है, वस्तुतः संपत्ति ही नहीं है, अच्छा हो कि उसे विपत्ति ही कहें! वास्तविक संपत्ति तो स्वयं को उघाड़ने से ही प्राप्त होती है। जिससे भय आवे, वह विपत्ति है—और जिससे अभय, उसे ही मैं संपत्ति कहता हूं।

97

कुछ युवकों ने मुझसे पूछा: "पाप क्या है?" मैंने कहा: "मूर्च्छा।" वस्तुतः होशपूर्वक कोई भी पाप करना असंभव है। इसलिए, मैं कहता हूं कि जो परिपूर्ण होश में हो सके, वही पुण्य है। और, जो मूर्च्छा, बेहोशी के बिना न हो सके वही पाप है।

एक अंधकारपूर्ण रात्रि में किसी युवक ने एक साधु के झोपड़े में प्रवेश किया। उसने जाकर कहा: "मैं आपका शिष्य होना चाहता हूं।" साधु ने कहा: "स्वागत है। परमात्मा के द्वार पर सदा ही सबका स्वागत है।" वह युवक कुछ हैरान हुआ और बोला: "लेकिन बहुत त्रुटियां हैं। मुझमें—मैं बहुत पापी हूं?" यह सुन साधु हंसने लगी और बोला: "परमात्मा तुम्हें स्वीकार करता है, तो मैं अस्वीकार करने वाला कौन हूं? मैं भी सब पापों के साथ तुम्हें स्वीकार करता हूं।" उस युवक ने कहा: "लेकिन मैं जुआ खेलता हूं, मैं शराब पीता हूं—मैं व्यभिचारी हूं।" वह साधु बोला: "इन सबसे कोई भेद नहीं पड़ता। लेकिन देखो! मैंने तुम्हें स्वीकार

किया, क्या तुम भी मुझे स्वीकार करोगे? क्या तुम जिन्हें पाप कह रहे हो, उन्हें करते समय कम से कम इतना ध्यान रखोगे कि मेरी उपस्थिति में उन्हें न करो। मैं इतनी तो आशा कर ही सकता हूं?" उस युवक ने आश्वासन दिया। गुरु का इतना आदर तो स्वाभाविक ही था। लेकिन कुछ दिनों बाद जब वह लौटा और उसके गुरु ने पूछा कि तुम्हारे उन पापों का क्या हाल है, तो वह हंसने लगा और बोला: "मैं जैसे ही उनकी मूर्च्छा में पड़ता हूं कि आपकी आंखें सामने आ जाती हैं और मैं जाग जाता हूं। आपकी उपस्थिति मुझे जगा देती है। और जागते हुए तो गड्ढों में गिरना असंभव है।"

मेरे देखे पाप और पुण्य मात्र कृत्य ही नहीं हैं। वस्तुतः, तो वे हमारे अंतःकरण के सोये होने या जागे होने की सूचनाएं हैं। जो सीधे पापों से लड़ता है, या पुण्य करना चाहता है, वह भूल में है। सवाल कुछ 'करने' या 'न-करने' का नहीं है। सवाल तो भीतर कुछ 'होने' या 'न-होने' का है। और, यदि भीतर जागरण है—होश है—स्व-बोध है, तो ही तुम हो, अन्यथा घर के मालिक के सोये होने पर जैसे चोरों को सुविधा होती है, वैसी ही सुविधा पापों को भी है।

मनुष्य को प्रतिक्षण और प्रतिपल स्वयं को नया कर लेना होता है। उसे अपने को ही जन्म देना होता है। स्वयं के सतत जन्म की इस कला को जो नहीं जानते हैं, वे जानें कि वे कभी के ही मर चुके हैं।

रात्रि कुछ लोग आये। वे पूछने लगे: "धर्म क्या है?" मैंने उनसे कहा: "धर्म मनुष्य के प्रभु में जन्म की कला है। मनुष्य में आत्म-ध्वंस और आत्म-सृजन की दोनों ही शक्तियां हैं। वह अपना विनाश और विकास दोनों ही कर सकता है। और, इन दोनों विकल्पों में से कोई भी चुनने को वह स्वतंत्र है। यहीं उसका स्वयं के प्रति उत्तरदायित्व है। उसका अपने प्रति प्रेम विश्व के प्रति उसके प्रेम का उदभव है। वह जितना स्वयं को प्रेम कर सकेगा, उतना ही उसके आत्मघात का मार्ग बंद होता है। और, जो-जो उसके लिये आत्मघाती है, वही-वही ही औरों के लिये अधर्म है। स्वयं की सत्ता और उसकी संभावनाओं के विकास के प्रति प्रेम का अभाव ही पाप बन जाता है। इस भांति पाप और पुण्य, शुभ और अशुभ, धर्म और अधर्म का स्रोत उसके भीतर ही विद्यमान है—परमात्मा में या अन्य किसी लोक में नहीं। इस सत्य की तीव्र और गहरी अनुभूति ही परिवर्तन लाती है और उस उत्तरदायित्व के प्रति हमें सजग करती है, जो कि मनुष्य होने में अंतर्निहित है। तब, जीवन-मात्र जीना नहीं रह जाता। उसमें उदात्त तत्वों का प्रवेश हो जाता है, और हम स्वयं का सतत सृजन करने में लग जाते हैं। जो इस बोध को पा लेते हैं, वे प्रतिक्षण स्वयं को ऊर्ध्व से ऊर्ध्व लोक में जन्म देते रहते हैं। इस सतत सृजन से ही जीवन का सौंदर्य उपलब्ध होता है। और, प्राणों को वह लय और छंद मिलता है, जो

कि क्रमशः घाटियों के अंधकार और कुहासे से ऊपर उठाकर हमारी हृदय की आंखों को सूर्य के दर्शन में समर्थ बनाता है।"

जीवन एक कला है। और, मनुष्य अपने जीवन का कलाकार भी है और कला का उपकरण भी। जो जैसा अपने को बनाता है, वैसा ही अपने को पाता है। स्मरण रहे कि मनुष्य बना-बनाया पैदा नहीं होता। जन्म से तो हम अनगढ़े पत्थरों की भांति ही पैदा होते हैं। फिर, जो कुरूप या सुंदर मूर्तियां बनती हैं, उनके स्त्रष्टा हम ही होते हैं।

99

परमात्मा के अतिरिक्त और कोई संतुष्टि नहीं। उसके सिवाय और कुछ भी मनुष्य के हृदय को भरने में असमर्थ है।

एक राजमहल के द्वार पर बड़ी भीड़ लगी थी। किसी फकीर ने सम्राट से भिक्षा मांगी थी। सम्राट ने उससे कहा: "जो भी चाहते हो, मांग लो।" दिवस के प्रथम याचक की कोई भी इच्छा को पूरा करने का उसका नियम था। उसे फकीर ने अपने छोटे से भिक्षापात्र को आगे बढ़ाया और कहा: "बस, इसे स्वर्ण मुद्राओं से भर दें।" सम्राट ने सोचा इससे सरल बात और क्या हो सकती है! लेकिन, जब उस भिक्षा पात्र में स्वर्ण मुद्राएं डाली गईं, तो ज्ञात हुआ कि उसे भरना असंभव था। वह तो जादुई था। जितनी अधिक मुद्राएं उसमें डाली गईं, वह उतना ही अधिक खाली होता गया! सम्राट को दुखी देख वह फकीर बोला: "न भर सकें, तो वैसा कह दें। मैं खाली पात्र ही लेकर चला जाऊंगा! ज्यादा से ज्यादा इतना ही तो होगा कि लोग कहेंगे कि सम्राट अपना

वचन पूरा नहीं कर सके?" सम्राट ने अपने सारे खजाने खाली कर दिये, लेकिन खाली पात्र खाली ही था। उसके पास जो कुछ भी था, सभी उस पात्र में डाल दिया गया, लेकिन, वह अदभुत पात्र न भरा, सो न भरा। तब, उस सम्राट ने पूछा: "भिक्षु, तुम्हारा पात्र साधारण नहीं है। उसे भरना मेरी सामर्थ्य के बाहर है। क्या मैं पूछ सकता हूं कि इस अदभुत पात्र का रहस्य क्या है?" वह फकीर हंसने लगा और बोला: "कोई विशेष रहस्य नहीं है। यह पात्र मनुष्य के हृदय से बनाया गया है। क्या आपको ज्ञात नहीं कि मनुष्य का हृदय कभी भी भरा नहीं जा सकता है? धन से, पद से, ज्ञान से—किसी से भी भरो, वह खाली ही रहेगा, क्योंकि इन चीजों से भरने के लिए वह बना ही नहीं है। इस सत्य को न जानने के कारण ही मनुष्य जितना पाता है, उतना ही दरिद्र होता जाता है। हृदय की इच्छाएं कुछ भी पाकर शांत नहीं होती हैं। क्यों? क्योंकि, हृदय तो परमात्मा को पाने के लिए बना है।"

शांति चाहते हो? संतृप्ति चाहते हो? तो अपने संकल्प को कहने दो कि परमात्मा के अतिरिक्त और मुझे कुछ भी नहीं चाहिए।

100

ईश्वर कहां है? ईश्वर को खोजते लोग मेरे पास आते हैं। मैं उनसे कहता हूं कि ईश्वर तो प्रतिक्षण और प्रत्येक स्थान पर है। उसे खोजने कहीं भी जाने की आवश्यकता नहीं। जागो—और देखो। और जागकर जो भी देखा जाता है, वह सब परमात्मा ही है।

सूफी कवि हफीज अपने गुरु के आश्रम में था। और भी बहुत से शिष्य वहां थे। एक रात्रि गुरु ने सारे शिष्यों को शांत ध्यानस्थ हो बैठने को कहा। आधी रात गये गुरु ने धीमे से बुलाया: "हफीज"। सुनते ही तत्क्षण हफीज उठकर आया। गुरु ने जो उसे बताना था, बताया। फिर थोड़ी देर बाद उसने किसी और को बुलाया। लेकिन, आया हफीज ही। इस भांति दस बार उसने बुलाया। लेकिन, बार-बार आया हफीज ही।

क्योंकि, शेष सब तो सो रहे थे!

परमात्मा भी प्रतिक्षण प्रत्येक को बुला रहा है—सब दिशाओं से, सब मार्गों से उसकी ही आवाज आ रही है। लेकिन, हम तो सोये हुए हैं। जो जागता है, वह उसे सुनता है; और जो जागता है, केवल वही उसे पाता है। इसलिए कहता हूं कि ईश्वर की फिक्र मत करो। उसकी चिंता व्यर्थ है। चिंता करो स्वयं को जगाने की। निद्रा में जो हम जान रहे हैं, वह ईश्वर का ही विकृत रूप है। यह विकृत अनुभव ही संसार है। जागते ही संसार नहीं पाया जाता है और जो पाया जाता है, वही सत्य है। सत्य सब ओर है। वस्तुतः, वही है और कुछ भी नहीं है। लेकिन, हम स्वप्न में हैं और इसलिए 'जो है', वह दिखाई नहीं पड़ता है।

स्वप्नों को छोड़ो। संसार को नहीं, स्वप्न को छोड़ना ही संन्यास है। और, जो स्वप्नों को छोड़ने में समर्थ हो जाता है, वह पाता है कि वह तो स्वयं ही सत्य है।

ओशो—एक परिचय

बुद्धत्व की प्रवाहमान धारा में ओशो एक नया प्रारंभ हैं, वे अतीत की किसी भी धार्मिक परंपरा या श्रृंखला की कड़ी नहीं हैं। ओशो से एक नये युग का शुभारंभ होता है और उनके साथ ही समय दो सुस्पष्ट खंडों में विभाजित होता है: ओशो पूर्व तथा ओशो पश्चात।

ओशो के आगमन से एक नये मनुष्य का, एक नये जगत को, एक नये युग को सूत्रपात हुआ है, जिसकी आधारशिला अतीत के किसी धर्म में नहीं है, किसी दार्शनिक विचार-पद्धति में नहीं है। ओशो सद्यःस्नात धार्मिकता के प्रथम पुरुष हैं, सर्वथा अनूठे संबुद्ध रहस्यदर्शी हैं।

मध्यप्रदेश के कुचवाड़ा गांव में 11 दिसंबर 1931 को जन्मे ओशो को बचपन का नाम रजनीश चन्द्रमोहन था। उन्होंने जीवन के प्रारंभिक काल में ही एक निर्भीक स्वतंत्र आत्मा का परिचय दिया। खतरों से खेलना उन्हें प्रीतिकर था। 100 फीट ऊंचे पुल से कूद कर बरसात में उफनती नदी को तैर कर पार करना उनके लिए साधारण खेल था। युवा ओशो ने अपनी अलौकिक बुद्धि तथा दृढ़ता से पंडित-पुरोहितों, मुल्ला-पादरियों, संत-महात्माओं—जो स्वानुभव के बिना ही भीड़ के अगुवा बने बैठे थे—की मूढ़ताओं और पाखंडों का पर्दाफाश किया।

21 मार्च 1953 को इक्कीस वर्ष की आयु में ओशो संबोधि (परम जागरण) को उपलब्ध हुए। संबोधि के संबंध में वे कहते हैं: 'अब मैं किसी भी प्रकार की खोज में नहीं हूं। अस्तित्व ने अपने समस्त द्वार मेरे लिए खोल दिये हैं।'

उन दिनों वे जबलपुर के एक कालेज में दर्शनशास्त्र के विद्यार्थी थे। संबोधि घटित होने के पश्चात भी उन्होंने अपनी शिक्षा जारी रखी और सन 1957 में सागर विश्वविद्यालय से दर्शनशास्त्र में प्रथम श्रेणी में प्रथम (गोल्डमेडलिस्ट) रह कर एम.ए. की उपाधि प्राप्त की। इसके पश्चात वे जबलपुर विश्वविद्यालय में दर्शनशास्त्र के प्राध्यापक पद पर कार्य करने लगे। विद्यार्थियों के बीच वे 'आचार्य रजनीश' के नाम से अतिशय लोकप्रिय थे।

विश्वविद्यालय के अपने नौ सालों के अध्यापन-काल के दौरान वे पूरे भारत में भ्रमण भी करते रहे। प्रायः 60-70 हजार की संख्या में श्रोता उनकी सभाओं में उपस्थित होते। वे आध्यात्मिक जन-जागरण की एक लहर फैला रहे थे। उनकी वाणी में और उनकी उपस्थिति में वह जादू था, वह सुगंध थी, जो किसी पार के लोक से आती है।

सन 1966 में ओशो ने विश्वविद्यालय के प्राध्यापक पद से त्यागपत्र दे दिया ताकि अस्तित्व ने जिस परम भगवत्ता का खजाना उन पर लुटाया है उसे वे पूरी मानवता को बांट सकें और एक नये मनुष्य को जन्म देने की प्रक्रिया में समग्रतः लग सकें।

ओशो का यह नया मनुष्य 'ज़ोरबा दि बुद्धा' एक ऐसा मनुष्य है जो ज़ोरबा की भांति भौतिक जीवन का पूरा आनंद मनाना जानता है और जो गौतम बुद्ध की भांति मौन होकर ध्यान में उतरने में भी सक्षम है—ऐसा मनुष्य जो भौतिक और आध्यात्मिक, दोनों तरह से समृद्ध है। 'ज़ोरबा दि बुद्धा' एक समग्र व अविभाजित मनुष्य है। इस नये मनुष्य के बिना पृथ्वी का कोई भविष्य शेष नहीं है।

सन् 1970 में ओशो बंबई में रहने के लिए आ गये। अब पश्चिम से सत्य के खोजी भी जो अकेली भौतिक समृद्धि से ऊब चुके थे और जीवन के किन्हीं और गहरे रहस्यों को जानने और समझने के लिए उत्सुक थे, उन तक पहुंचने लगे। ओशो ने उन्हें देशना दी कि अगला कदम ध्यान है। ध्यान ही जीवन में सार्थकता के फूलों के खिलने में सहयोगी सिद्ध होगा।

इसी वर्ष सितंबर में, मनाली (हिमालय) में आयोजित अपने एक शिविर में ओशो ने नव-संन्यास में दीक्षा देना प्रारंभ किया। इसी समय के आसपास वे आचार्य रजनीश से भगवान श्री रजनीश के रूप में जाने जाने लगे।

सन 1974 में वे अपने बहुत से संन्यासियों के साथ पूना आ गये जहां 'श्री रजनीश आश्रम' की स्थापना हुई। पूना आने के बाद उनके प्रभाव का दायरा विश्वव्यापी होने लगा।

श्री रजनीश आश्रम पूना में प्रतिदिन अपने प्रवचनों में ओशो ने मानव-चेतना के विकास के हर पहलू को उजागर किया। बुद्ध, महावीर, कृष्ण, शिव, शांडिल्य, नारद, जीसस के साथ ही साथ भारतीय अध्यात्म-आकाश के अनेक नक्षत्रों-आदिशंकराचार्य, गोरख, कबीर, नानक, मलूकदास, रैदास, दरियादास, मीरा आदि पर उनके हजारों

प्रवचन उपलब्ध हैं। जीवन का ऐसा कोई भी आयाम नहीं है जो उनके प्रवचनों से अस्पर्शित रहा हो। योग, तंत्र, ताओ, झेन, हसीद, सूफी जैसी विभिन्न साधना-परंपराओं के गूढ़ रहस्यों पर उन्होंने सविस्तार प्रकाश डाला है। साथ ही राजनीति, कला, विज्ञान, मनोविज्ञान, दर्शन, शिक्षा, परिवार, समाज, गरीबी, जनसंख्या-विस्फोट, पर्यावरण तथा संभावित परमाणु युद्ध के वे उससे भी बढ़कर एड्स महामारी के विश्व-संकट जैसे अनेक विषयों पर भी उनकी क्रांतिकारी जीवन-दृष्टि उपलब्ध है।

शिष्यों और साधकों के बीच दिए गए उनके ये प्रवचन छह सौ पचास से भी अधिक पुस्तकों के रूप में प्रकाशित हो चुके हैं और तीस से अधिक भाषाओं में अनुवादित हो चुके हैं। वे कहते हैं, "मेरा संदेश कोई सिद्धांत, कोई चिंतन नहीं है। मेरा संदेश तो रूपांतरण की एक कीमिया, एक विज्ञान है।"

ओशो अपने आवास से दिन में केवल दो बार बाहर आते—प्रातः प्रवचन देने के लिए और संध्या समय सत्य की यात्रा पर निकले हुए साधकों को मार्गदर्शन एवं नये प्रेमियों को संन्यास-दीक्षा देने के लिए।

सन 1980 में कट्टरपंथी हिंदू समुदाय के एक सदस्य द्वारा उनकी हत्या का प्रयास भी उनके एक प्रवचन के दौरान किया गया।

अचानक शारीरिक रूप से बीमार हो जाने से 1981 की वसंत ऋतु में वे मौन में चले गये। चिकित्सकों के परामर्श फर उसी वर्ष जून में उन्हें अमरीका ले जाया गया। उनके अमरीकी शिष्यों ने ओरेगॉन राज्य के मध्य भाग में 64,000 एकड़ जमीन खरीदी थी जहां उन्होंने ओशो को रहने के लिए आमंत्रित किया। धीरे-धीरे यह अर्ध-रेगिस्तानी जगह एक फूलते-फलते कम्यून में परिवर्तित होती गई। वहां लगभग 5,000 प्रेमी मित्र मिल-जुल कर अपने सद्गुरु के सान्निध्य में आनंद और उत्सव के वातावरण में एक अनूठे नगर के सृजन को यथार्थ रूप दे रहे थे। शीघ्र ही यह नगर रजनीशपुरम नाम से संयुक्त राज्य अमरीका का एक निगमीकृत (इन्कार्पोरेटेड) शहर बन गया। किंतु कट्टरपंथी ईसाई धर्माधीशों के दबाव में वे राजनीतिज्ञों के निहित स्वार्थवश प्रारंभ से ही कम्यून के इस प्रयोग को नष्ट करने के लिए अमरीका की संघीय, राज्य और स्थानीय सरकारें हर संभव प्रयास कर रही थीं।

जैसे अचानक एक दिन ओशो मौन हो गये थे वैसे ही अचानक अक्टूबर 1984 में उन्होंने पुनः प्रवचन देना प्रारंभ कर दिया।

जीवन-सत्यों के इतने स्पष्टवादी व मुखर विवेचनों से निहित स्वार्थों की जड़ें और भी चरमराने लगीं।

अक्टूबर 1985 में अमरीकी सरकार ने ओशो पर आप्रवास-नियमों के उल्लंघन के 35 मनगढंत आरोप लगाए। बिना किसी गिरफ्तारी-वारंट के ओशो को बंदूकों की नोक पर हिरासत में ले लिया गया। 12 दिनों तक उनकी जमानत स्वीकार नहीं की गयी और उनके हाथ-पैर में हथकड़ी व बेड़ियां डाल कर उन्हें एक जेल से दूसरी जेल में घुमाते हुए पोर्टलैंड (ऑरेगॅन) ले जाया गया। इस प्रकार, जो यात्रा कुल पांच घंटे की है वह आठ दिन में पूरी की गयी। जेल में उनके शरीर के साथ बहुत दुर्व्यवहार किया गया और यहीं संघीय सरकार के अधिकारियों ने उन्हें 'थेलियम' नामक धीमे असर वाला जहर दिया।

14 नवंबर 1985 को अमरीका छोड़ कर ओशो भारत लौट आये। यहां की तत्कालीन सरकार ने भी उन्हें समूचे विश्व से अलग-थलग कर देने का पूरा प्रयास किया। तब ओशो नेपाल चले गये। नेपाल में भी उन्हें अधिक समय तक रुकने की अनुमति नहीं दी गयी।

फरवरी 1986 में ओशो विश्व-भ्रमण के लिए निकले जिसकी शुरुआत उन्होंने ग्रीस से की, लेकिन अमरीका के दबाव के अंतर्गत 21 देशों ने या तो उन्हें देश से निष्कासित किया या फिर देश में प्रवेश की अनुमति ही नहीं दी। इन तथाकथित स्वतंत्र व लोकतांत्रिक देशों में ग्रीस, इटली, स्विट्जरलैंड, स्वीडन, ग्रेट ब्रिटेन, पश्चिम जर्मनी, हालैंड, कनाडा, जमाइका और स्पेन प्रमुख थे।

ओशो जुलाई 1986 में बम्बई और जनवरी 1987 में पूना के अपने आश्रम में लौट आए, जो अब ओशो कम्यून इंटरनेशनल के नाम से जाना जाता है। यहां वे पुनः अपनी क्रांतिकारी शैली में अपने प्रवचनों से पंडित-पुरोहितों और राजनेताओं के पाखंडों व मानवता के प्रति उनके षड्यंत्रों का पर्दाफाश करने लगे।

इसी बीच भारत सहित सारी दुनिया के बुद्धिजीवी वर्ग व समाचार माध्यमों ने ओशो के प्रति गैर-पक्षपातपूर्ण व विधायक चिंतन का रुख अपनाया। छोटे-बड़े सभी प्रकार के समाचारपत्रों व पत्रिकाओं में अक्सर उनके अमृत-वचन अथवा उनके संबंध में लेख व समाचार प्रकाशित होने लगे। देश के अधिकांश प्रतिष्ठित संगीतज्ञ, नर्तक, साहित्यकार, कवि व शायर ओशो कम्यून इंटरनेशनल में अक्सर आने लगे। मनुष्य

की चिर-आकांक्षित उटोपिया का सपना साकार देख कर उन्हें अपनी ही आंखों पर विश्वास न होता।।

26 दिसंबर 1988 को ओशो ने अपने नाम के आगे से 'भगवान' संबोधन हटा दिया। 27 फरवरी 1989 को ओशो कम्यून इंटरनेशनल के बुद्ध सभागार में सांध्य-प्रवचन के समय उनके 10,000 शिष्यों व प्रेमियों ने एकमत से अपने प्यारे सद्गुरु को 'ओशो' नाम से पुकारने का निर्णय लिया।

अक्टूबर 1985 में जेल में अमरीका की रीगन सरकार द्वारा ओशो को थेलियम नामक धीमा असर करने वाला जहर दिये जाने एवं उनके शरीर को प्राणघातक रेडिएशन से गुजारे जाने के कारण उनका शरीर तब से निरंतर अस्वस्थ रहने लगा था और भीतर से क्षीण होता चला गया। इसके बावजूद वे ओशो कम्यून इंटरनेशनल, पूना के गौतम दि बुद्धा आडिटोरियम में 10 अप्रैल 1989 तक प्रतिदिन संध्या दस हजार शिष्यों, खोजियों और प्रेमियों की सभा में प्रवचन देते रहे और उन्हें ध्यान में डुबाते रहे। इसके बाद के अगले कई महीने उनका शारीरिक कष्ट बढ़ गया।

17 सितंबर 1989 से पुनः गौतम दि बुद्धा आडिटोरियम में हर शाम केवल आधे घंटे के लिए आकर ओशो मौन दर्शन-सत्संग के संगीत और मौन में सबको डुबाते रहे। इस बैठक को उन्होंने "ओशो व्हाइट रोब ब्रदरहुड' नाम दिया। ओशो 16 जनवरी 1990 तक प्रतिदिन संध्या सात बजे "ओशो व्हाइट रोब ब्रदरहुड' की सभा में आधे घंटे के लिये उपस्थित होते रहे।

17 जनवरी को वे सभा में केवल नमस्कार करके वापस चले गए। 18 जनवरी को "ओशो व्हाइट रोब ब्रदरहुड" की सांध्य-सभा में उनके निजी चिकित्सक स्वामी प्रेम अमृतो ने सूचना दी कि ओशो के शरीर का दर्द इतना बढ़ गया है कि वे हमारे बीच नहीं आ सकते, लेकिन वे अपने कमरे में ही सात बजे से हमारे साथ ध्यान में बैठेंगे। दूसरे दिन 19 जनवरी 1990 को सायं पांच बजे ओशो शरीर छोड़ कर महाप्रयाण कर गये। इसकी घोषणा सांध्य-सभा में की गयी। ओशो की इच्छा के अनुरूप, उसी सांध्य-सभा में उनका शरीर गौतम दि बुद्धा आडिटोरियम में दस मिनट के लिए लाकर रखा गया। दस हजार शिष्यों और प्रेमियों ने उनकी आखिरी विदाई का उत्सव संगीत-नृत्य, भावातिरेक और मौन में मनाया। फिर उनका शरीर दाहक्रिया के लिए ले जाया गया।

21 जनवरी 1990 के पूर्वाह्न में उनके अस्थि-फूल का कलश महोत्सवपूर्वक कम्यून में लाकर च्यांग्त्सू हॉल में निर्मित संगमरमर के समाधि भवन में स्थापित किया गया।

ओशो की समाधि पर स्वर्ण अक्षरों में अंकित है:

OSHO
Never Born
Never Died
Only Visited this
Planet Earth between
Dec 11 1931 – Jan 19 1990

ध्यान और सृजन का यह अनूठा नव-संन्यास उपवन, ओशो कम्यून, ओशो की विदेह-उपस्थिति में आज पूरी दुनिया के लिए एक ऐसा प्रबल चुंबकीय आकर्षण-केंद्र बना हुआ है कि यहां निरंतर नए-नए लोग आत्म-रूपांतरण के लिए आ रहे हैं तथा ओशो की सघन-जीवंत उपस्थिति में अवगाहन कर रहे हैं।

ओशो के संबंध में समस्त जानकारी के लिए संपर्क-सूत्र

ओशो कम्यून इंटरनेशनल, 17 कोरेगांव पार्क, पूना-1, महाराष्ट्र
फोनः 0212-628562, फैक्स: 0212-624181
E-mail: cc.osho@oci.sprintrpg.ems.vsnl.net.in
Internet web site: http://www.osho.org

ओशो का हिंदी साहित्य

उपनिषद
सर्वसार उपनिषद
कैवल्य उपनिषद
अध्यात्म उपनिषद
कठोपनिषद
ईशावास्य उपनिषद
निर्वाण उपनिषद
आत्म-पूजा उपनिषद
केनोपनिषद
मेरा स्वर्णिम भारत
(विविध उपनिषद-सूत्र)

कृष्ण
गीता-दर्शन
(आठ भागों में अठारह अध्याय)
कृष्ण-स्मृति

महावीर
महावीर-वाणी (दो भागों में)
महावीर-वाणी (पुस्तिका)
जिन-सूत्र (दो भागों में)
महावीर या महाविनाश
महावीर: मेरी दृष्टि में
ज्यों की त्यों धरि दीन्हीं चदरिया

बुद्ध
एस धम्मो सनंतनो
(बारह भागों में)

अष्टावक्र
महागीता (छह भागों में)

कबीर
सुनो भई साधो
कहै कबीर दीवाना
कहै कबीर मैं पूरा पाया
मगन भयो रसि लागा
घूंघट के पट खोल
न कानों सुना ने आंखों देखा
(कबीर व फरीद)

मीरा
पद घुंघरू बांध
झुक आई बदरिया सावन की

पलटू
अजहूं चेत गंवार
सपना यह संसार
काहे होत अधीर

दादू
सबै सयाने एक मत
पिव पिव लागी प्यास

जगजीवन
नाम सुमिर मन बावरे
अरी, मैं तो नाम के रंग छकी

दरिया
कानों सुनी सो झूठ सब
अमी झरत बिगसत कंवल

सुंदरदास
हरि बोलौ हरि बोल
ज्योति से ज्योति जले

धरमदास
जस पनिहार धरे सिर गागर
का सोवै दिन रैन

मलूकदास
कन थोरे कांकर घने
रामदुवारे जो मरे

लाओत्से
ताओ उपनिषद (छह भागों में)

शांडिल्य
अथातो भक्ति जिज्ञासा
(दो भागों में)

झेन, सूफी और उपनिषद की कहानियां
बिन बाती बिन तेल
सहज समाधि भली
दीया तले अंधेरा

अन्य रहस्यदर्शी
भक्ति-सूत्र (नारद)
शिव-सूत्र (शिव)
भजगोविन्दम्, नूढ़मते
(आदिशंकराचार्य)
एक ओंकार सतनाम (नानक)
जगत तरैया भोर की (दयाबाई)
बिन घन परत फुहार (सहजोबाई)
नहीं सांझ नहीं भोर (चरणदास)
संतो, मगन भयो मन मेरा (रज्जब)
कहै वाजिद पुकार (वाजिद)
मरौ हे जोगी मरौ (गोरख)
सहज-योग (सरहपा-तिलोपा)
बिरहिनी मंदिर दियना बार (यारी)
दरिया कहै सब्द निरबाना
(दरियादास बिहारवाले)
प्रेम-रंग-रस ओढ़ चदरिया
(दूलन)
हंसा तो मोती चुगैं (लाल)
गुरु-परताप साध की संगति
(भीखा),
मन ही पूजा मन ही धूप (रैदास)
झरते दसहुं दिस मोती (गुलाल)
जरथुस्त्र: नाचता-गाता मसीहा
(जरथुस्त्र)

प्रश्नोत्तर
नहिं राम बिन ठांव
प्रेम-पंथ ऐसो कठिन
उत्सव आमार जाति,
आनंद आमार गोत्र
मृत्योर्मा अमृतं गमय
प्रीतम छवि नैनन बसी
रहिमन धागा प्रेम का
उड़ियो पंख पसार

सुमिरन मेरा हरि करैं
पिय को खोजन मैं चली
साहेब मिल साहेब भये
जो बोलें तो हरिकथा
बहुरि न ऐसा दांव
ज्यूं था त्यूं ठहराया
ज्यूं मछली बिन नीर
दीपक बारा नाम का
अनहद में बिसराम
लगन महूरत झूठ सब
सहज आसिकी नाहिं
पीवत रामरस लगी खुमारी
रामनाम जान्यो नहीं
सांच सांच सो सांच
आपुई गई हिराय
बहुतेरे हैं घाट
कोंपलें फिर फूट आईं
फिर पत्तों की पांजेब बजी
फिर अमरित की बूंद पड़ी
चेति सके तो चेति
क्या सोवै तू बावरी
एक एक कदम
चल हंसा उस देस
कहा कहूं उस देस की
पंथ प्रेम को अटपटो
मूलभूत मानवीय अधिकार
नया मनुष्यः
भविष्य की एकमात्र आशा
सत्यम् शिवम् सुंदरम्
रसो वै सः
सच्चिदानंद
पंडित-पुरोहित और राजनेता :
मानव आत्मा के शोषक
ॐ मणि पद्मे हुम्
ॐ शांतिः शांतिः शांतिः
हरि ॐ तत्सत्
एक महान चुनौती :
मनुष्य का स्वर्णिम भविष्य
मैं धार्मिकता सिखाता हूं, धर्म नहीं

तंत्र

संभोग से समाधि की ओर
तंत्र-सूत्र (पांच भागों में)

विचार-पत्र

क्रांति-बीज
पथ के प्रदीप

पत्र-संकलन

अंतर्वीणा
प्रेम की झील में अंनुग्रह के फूल

बोध-कथा

मिट्टी के दीये

ध्यान, साधना, योग

ध्यानयोगः
प्रथम और अंतिम मुक्ति
रजनीश ध्यान योग
हसिबा, खेलिबा, धरिबा ध्यानम्
नेति-नेति
मैं कहता आंखन देखी
पतंजलिः योग-सूत्र
(तीन भागों में)

साधना- शिविर
साधना-पथ
ध्यान-सूत्र
जीवन ही है प्रभु
माटी कहै कुम्हार सूं
मैं मृत्यु सिखाता हूं
जिन खोजा तिन पाइयां
समाधि के सप्त द्वार
(ब्लावट्स्की)
साधना-सूत्र
(मेबिल कॉलिन्स)

राष्ट्रीय और सामाजिक
समस्याएं
देख कबीरा रोया
स्वर्ण पाखी था जो कभी
और अब है भिखारी जगत का
शिक्षा में क्रांति
नये समाज की खोज

ओशो के संबंध में
भगवान श्री रजनीश :
ईसा मसीह के पश्चात सर्वाधिक
विद्रोही व्यक्ति

नए मनुष्य के लिए एक नया दृष्टिकोण